LA ISLA DE ABEL

William Steig
LA ISLA DE ABEL

Traducido al español por María Luisa Balseiro

MIRASOL / *libros juveniles*
Farrar, Straus and Giroux
New York

Para Jeanne

LA ISLA DE ABEL

A principios del mes de agosto de 1907, año primero de su matrimonio, Abel y Amanda fueron de excursión al bosque que había a poca distancia de la ciudad donde residían. El cielo estaba nublado, pero Abel no creyó que fuera a ser tan desconsiderado como para ponerse a llover cuando a él y a su bella esposa les apetecía salir de paseo.

Hicieron una merienda muy agradable en el bosque sin sol, repartiéndose delicados sandwiches de queso blando y berros, acompañados de huevos de codorniz cocidos, cebollas, aceitunas y caviar negro. Brindaron el uno por el otro, y también por todo lo demás, con un champán de color brillante puesto a refrescar en un cubo de hielo. Luego jugaron una alegre partida de croquet, riéndose sin mucho motivo, y siguieron riéndose mientras descansaban sobre una alfombra de musgo.

Cuando aquel plan de broma empezó a aburrirles, Amanda se sentó a leer debajo de un helecho y Abel se fue a dar una vuelta. Iba paseando por entre los árboles y admirando el verdor cuando, al alzar la vista, vio un grupo de margaritas apiñadas, que parecían estrellas gigantescas, y decidió cortar una para regalarle a su esposa una bonita sombrilla.

Sonreía ya pensando en la gracia que le haría a Amanda lo que le iba a decir al sostener la flor sobre su cabeza. Escogió una margarita perfecta y, sacando el pañuelo para no mancharse con la savia, cortó cuidadosamente el tallo con la navajita que llevaba.

Con la margarita al hombro, volvió derecho a donde estaba su esposa, muy complacido consigo mismo. De repente empezó a soplar un viento fuerte, y cayeron algunas gotas de lluvia, escurriéndose por donde podían entre el follaje. Costaba trabajo sujetar la flor.

Su esposa estaba debajo del helecho, exactamente en el mismo sitio donde la había dejado, enfrascada en las peripecias de su libro.

—¡Traigo una cosa para ti! —dijo Abel, levantando la punta del helecho.

Amanda alzó la vista y le miró con los ojos muy abiertos y cara de asombro, como si, inexplicablemente, una página impresa se hubiera transformado en su marido. Una brusca ráfaga de aire arrancó la margarita de la pata de Abel.

—Está lloviendo —observó Amanda.

—¡Ya lo creo que sí! —dijo Abel indignado en el mismo momento en que la lluvia empezaba a caer más fuerte; y mientras intentaban recoger sus cosas arreció aún más.

Se acurrucaron debajo de la chaqueta de Abel, él ofendido por la falta de consideración del tiempo, ella preocupada, y los dos confiando en que escamparía pronto. Pero no escampó. Cada vez llovía más fuerte.

Cansados de esperar y de preguntarse de dónde saldría toda aquella agua, decidieron arriesgarse. Cubiertos con la chaqueta, pusieron rumbo a casa, dejando allí las cosas de la merienda, pero con el viento

de cara casi no podían avanzar. Por aquí y por allá estallaban truenos furiosos y relámpagos cegadores.

—¡Querida —gritó Abel—, tenemos que refugiarnos en cualquier sitio, donde sea!

Dejaron de marchar contra el viento y emprendieron una carrera alocada en la misma dirección que él. Apretados el uno contra el otro, corrieron, o más bien se dejaron arrastrar por el vendaval a través del bosque, hasta llegar frente a un peñasco enorme que relucía bajo el martilleo incesante de la lluvia. Ya no podía el viento empujarles más allá.

El refugio que habían buscado estaba muy cerca.

—¡Suban! —les llamaron unas voces— ¡Suban aquí!

Abel y Amanda alzaron la vista. A poca distancia por encima de ellos vieron la boca de una cueva, por donde asomaban varias caras peludas. Treparon juntos hasta la cueva, a donde llegaron muy aliviados y sin aliento.

2

La cueva estaba llena de animales que habían tenido la suerte de encontrar aquel asilo, y hablaban entre sí animadamente. Había varios ratones conocidos de Abel y Amanda, y una familia de sapos que les habían presentado en un carnaval; de los demás no conocían a nadie. En un rincón estaba apartada una comadreja, rezando sus oraciones una y otra vez.

Abel y Amanda recibieron la bienvenida de todos, y unos y otros se felicitaron. La tormenta rugía como si se hubiera vuelto completamente loca. Los mojados ocupantes de la cueva se apiñaban en la entrada abovedada, como actores que hubieran representado ya sus papeles y pudieran ahora contemplar el resto de la función desde los bastidores. La tormenta se estaba convirtiendo en un verdadero huracán vociferante. Árboles gigantescos se doblaban bajo las furiosas ráfagas, las ramas se partían, retumbaban los truenos y los rayos zigzagueaban desatados sobre el cielo oscuro y lleno de vapores.

Abel y Amanda estaban en la primera fila del grupo, fascinados por el temible espectáculo. Amanda estiraba la cabeza para ver cómo se venía abajo un roble, cuando de pronto el viento le arrancó el pañuelo de gasa que llevaba al cuello, y aquella malla de tejido vaporoso salió volando como un fantasma de la boca de la cueva. Abel se quedó horrorizado, como si fuera la propia Amanda lo que el viento le arrebataba violentamente.

Sin pensarlo un instante, se arrojó al exterior. En vano trató Amanda de detenerle, gritando: «¡Abelardo!» Siempre le llamaba por su nombre completo cuando le parecía que estaba haciendo alguna tontería. Él no hizo caso y se escurrió por la peña abajo.

El pañuelo se había enganchado en una zarza y de allí lo rescató Abel, pero cuando quiso volver a subir con su trofeo, el viento le tumbó y le revolcó en el suelo como si fuera un milano, con el pañuelo de su amada cogido en la pata. Indefenso, incapaz de resistirse siquiera, encogió la cabeza y se dejó llevar por el torbellino, confuso y aturdido.

Sabe Dios cuánto trecho recorrió de esa manera, o con cuántas piedras fue haciendo carambola a su paso. No pensaba nada. Sólo sentía que todo estaba oscuro, mojado y barrido por el viento, y que él iba arrastrado de aquí para allá en un mundo que había perdido los buenos modales, y en una dirección que, por lo que él podía observar, no era ni norte, ni sur, ni este, ni oeste, sino hacia donde al viento le apeteciera soplar; y lo único que él podía hacer era esperar hasta ver qué decidía el vendaval.

Éste decidió arrojarle contra un clavo enorme, al que se agarró con todas sus fuerzas. El clavo salía de un trozo de tabla que en otros tiempos había formado parte de la casa de un animal grande y que ahora estaba

incrustado en una hondonada llena de grava. Abel se aferró al clavo y al pañuelo de Amanda, luchando contra el viento, cuya fuerza pareció aumentar ahora que ya no se dejaba llevar por él.

La tromba de aire húmedo que pasaba azotándolo todo hacía difícil respirar. Abel se guardó el pañuelo de Amanda en el bolsillo interior y metió la cabeza debajo de la chaqueta. Pronto se vio metido hasta las ancas en un arroyo que iba subiendo de nivel. La lluvia había llenado la hondonada, y una oleada de agua y barro soltó la tabla de sus amarras de grava. Abel empezó a navegar con la corriente, girando de acá para allá, aporreado por un billón de balas de lluvia. Ya no le sorprendía nada de lo que ocurriese. Le resultaba todo tan familiar como sus peores pesadillas.

Era ya noche cerrada. No veía nada, ni siquiera la pata que tenía puesta delante de la cara, pero sabía que se estaba moviendo velozmente a bordo de su tabla. Pronto notó que estaba en un río. En aquella inmensa oscuridad sólo oía el viento y, por todas partes, la lluvia cayendo sobre el agua.

Poco a poco se fue destacando un sonido nuevo, el murmullo de aguas revueltas. El bote se dirigía hacia aquel ruido, que fue creciendo hasta convertirse en un tremendo rugido. Entonces, sin previo aviso, el bote se inclinó en vertical y se desplomó sobre algo que a Abel le pareció ser sin duda una cascada. Abajo, hundido hasta el fondo, tuvo que luchar para no ahogarse; luego, todavía abrazado a su clavo, ascendió lentamente a la superficie y se encontró en un remolino de aguas agitadas, boqueando para coger aire. Nunca se había visto tan maltratado. ¿Cuánto tiempo duraría aquello? ¿Cuánto tiempo podría soportarlo?

Como en respuesta a su pregunta, su embarcación dio otro salto, y Abel se vio de nuevo sacudido, zarandeado y vapuleado por la corriente que se retorcía impetuosa. El bote volcó, luego se puso otra vez del derecho y empezó a voltear sobre sí sin parar; cada vez que el exasperado Abel sacaba la cabeza del agua, tragaba una boqueada de aire pensando que posiblemente fuera la última. Su capacidad de resistencia le asombraba.

De repente, ¡paf!: ya no se movió más. Su embarcación se había empotrado contra una masa dura. En aquella oscuridad, Abel no tenía ni idea de dónde estaba: podía ser cualquier sitio mojado y azotado por el viento. Sentía el agua pesada que corría vertiginosa a su alrededor, tirándole de la ropa. Empapado, aterido, exhausto, seguía aferrado al clavo, pero las aguas que le aplastaban contra él le permitieron aflojar las patas, y fue un alivio.

El viento seguía aullando, la lluvia seguía cayendo a cántaros, el río seguía rugiendo furioso, pero Abel se sintió llegado a puerto. Momentáneamente amarrado, dondequiera que fuese, pudo pensar en Amanda. Sin duda estaba segura en la cueva, entre amigos. Estaría preocupada por él, naturalmente, pero él regresaría junto a ella en cuanto pudiera. Aquella era la experiencia más extraña de su vida. Nunca la olvidaría... nunca... nunca... Pero por el momento la olvidó. Un sueño piadoso envolvió sus sentidos.

Se durmió hecho una rosca alrededor del clavo herrumbroso, mientras el viento y la lluvia apaleaban su joven cuerpo cansado.

3

Catorce horas estuvo durmiendo Abel. Cuando abrió los ojos, se sobresaltó al ver que no estaba donde debía, es decir, en la cama con su esposa Amanda. Allí no había ninguna esposa, ni había paredes. Sólo una luminosidad deslumbrante, en un paisaje como jamás había visto. Era media tarde.

Como sucede siempre después de un huracán, la atmósfera estaba clara como el cristal. Abel pudo entonces ver su bote, el trozo de tabla con el clavo herrumbroso que probablemente le había salvado la vida. Había quedado encajado entre las ramas más altas de un árbol, que en su mayor parte estaba sumergido en el río. Por arriba se extendía un interminable azul cerúleo. Por abajo el agua corría veloz, centelleante como champán al sol. Abel estaba rodeado de agua por todas partes, pero un poco más allá, por la derecha y por la izquierda, otros árboles asomaban por encima de la superficie, y pasados los árboles el terreno se alzaba por uno y otro lado en colinas boscosas. Girando la cabeza, vio a su espalda la cascada por donde se había precipitado.

Su árbol parecía estar en mitad del río. No había duda de que aquello era una isla. La lluvia debía haber cesado poco después de que él se durmiera, y durante ese tiempo la inundación había llegado a su nivel más alto. Ya había descendido un poco, pues de otro modo Abel no estaría a tanta altura sobre el agua. Cuando el río descendiera más, podría bajar a tierra firme.

Se puso de pie, estirándose, y no pudo evitar una mueca de dolor; le dolían todos los músculos. Tuvo que volver a sentarse. Le habría gustado que Amanda estuviese con él, o mejor aún, él con ella. Por lo que podía observar, aparte de los árboles era el único ser vivo hasta donde se extendía el horizonte. Con toda la fuerza de sus pulmones soltó un «Ho-la-a-a-a», y luego escuchó atentamente. No hubo ninguna respuesta, ni siquiera un eco.

El estado de su ropa le molestó. Húmeda y apelotonada, había perdido toda su elegancia. Habría que corregir aquello cuanto antes. Se quedó mirando a lo lejos y empezó a hacer cábalas. «Todos se están preguntando dónde estoy, sin duda. Se lo estarán preguntando muchos a quienes ni siquiera conozco. Por supuesto que ya se ha corrido la voz de que Abelardo Hassam di Chirico Pedernal, de la familia de los Pedernales, de Musgania, se ha perdido.»

Era muy doloroso pensar en la pena y la intranquilidad que su ausencia estaría causando a los suyos. Seguro que se habrían formado equipos de búsqueda, pero no andarían por allí cerca, ni mucho menos. ¿Cómo se les iba a pasar siquiera por la imaginación lo que había ocurrido: que, por pura chiripa, la lluvia había formado un riachuelo alrededor de una especie de bote al que había ido a parar accidentalmente; que ese riachuelo, al aumentar de volumen, le había conducido a un arroyo, el arroyo a un río, el río le había despeñado por una cascada, y que ahora estaba donde estaba, subido con su bote a la copa de un árbol, sobre una isla de no se sabía qué río?

Cuando las aguas se retirasen, bajaría y volvería a casa... ¡y menuda historia tendría para contar!

Mientras tanto, le habría gustado tener algo que comer: una tortilla de champiñón, por ejemplo, con pan tostado y mantequilla. Estar hambriento, además de incomunicado de aquel modo, eran ya demasiados males a la vez. Sin darse cuenta mordisqueó una ramita del árbol. ¡Hombre, si era abedul, uno de sus sabores preferidos! Con ese gusto familiar, aquella percha en mitad de lo desconocido se le hizo un poquito más hogareña.

Masticó la corteza de un brote verde y tierno, llenándose los carrillos de pulpa y jugo. Estaba comiendo. Allí sentado, pensó, con cierta vanidad, que tenía fuerzas, valor e inteligencia bastantes para sobrevivir. Sus ojos se velaron y se durmió otra vez.

4

Abel se despertó muy de mañana, sintiéndose como nuevo después de su segundo sueño reparador. Fue agradable estirarse. En seguida notó que el paisaje había cambiado. Había árboles en la vecindad, todo alrededor. Su bote había sido detenido por uno que sobresalía por encima de los demás, cerca de la orilla del río.

Mirando hacia abajo, vio que la mayor altura de su árbol se debía no sólo a su tamaño, sino también a que crecía sobre un promontorio rocoso. Las aguas habían vuelto a su nivel habitual. En muchos sitios la hierba estaba aplastada, medio enterrada en sedimentos y grava. Por lo demás, parecía un mundo normal.

Trepó hasta la punta más alta del árbol y estudió el panorama desde allí. Efectivamente, estaba en una isla. Por encima de la cascada se veía la parte alta del río, que abajo se dividía en dos brazos alrededor de la isla; Abel estaba junto a uno de esos brazos, y entre los árboles divisaba el del otro lado; bastante más abajo, se veía donde volvían a unirse. No había nadie a la vista.

Ya iba siendo hora de volver a casa. Empezó a descender por el abedul, y al momento siguiente se encontró riendo como un bobo. ¡Estaba bajándose de un árbol al que no había subido! Eso le haría gracia a Amanda: tenía un sentido del humor casi tan agudo como el suyo.

¡Qué gusto volver a pisar tierra firme! Hizo unas cuantas flexiones rápidas con las rodillas y corrió alrededor del árbol, sólo por el placer de moverse libremente. Luego se sentó en una piedra, con los codos apoyados en las rodillas, y paseó la mirada por el río. A lo mejor los otros ya se habían figurado lo que le había ocurrido, y aparecerían por fin en una barca, o algo así. Esperó, y para entretenerse se puso a tararear fragmentos de su cantata favorita, y a imaginar cómo relataría sus aventuras. Lo haría con mucha sencillez, sobre todo en aquellas partes en que había demostrado más valor y capacidad de resistencia; de abrir mucho los ojos y hacer aspavientos ya se encargarían sus oyentes.

No apareció nadie, y Abel se dio cuenta de que sería mucho pedir. Jamás irían a buscarle allí. Pues bien, tendría que atravesar el río, por un sistema u otro. Corrió al otro lado de la isla; quizá por allí fuera más estrecho. Era más ancho. Regresó, también corriendo.

Se quitó los zapatos y los calcetines, se arremangó los pantalones y se metió en el agua para probar la corriente.

No, sería imposible llegar a nado hasta la orilla opuesta, aunque él era buen nadador. El agua llevaba demasiada fuerza. Le estrellaría contra una peña, o le arrastraría al fondo y se ahogaría.

Necesitaba algún tipo de embarcación. ¿Qué tal estaría su tabla con el clavo? Quizá pudiera hacer algo con eso. Trepó al árbol, desatascó la tabla, la tiró abajo y corrió tras ella. La contempló murmurando para sí, mientras se acariciaba, pensativo, un filamento

del bigote. ¿Cómo se podría manejar aquel tosco pedazo de madera? ¡Con un timón! Si mantenía el timón en un ángulo agudo, poco a poco el bote se iría acercando a la orilla opuesta. Por ese procedimiento aprovecharía la fuerza de la corriente en beneficio propio.

Con un palito dibujó una figura en la arena. Era un largo rectángulo, el río, cruzado por una larga diagonal, el curso que seguiría su bote. Al final acabaría desembarcando en la otra orilla, mucho más allá, río abajo. Le complació observar lo bien que trabajaba su mollera.

Logró despegar una tira plana de madera de un tronco cercano, y con su navajita de puño de nácar le recortó un airoso mango. El clavo le ayudaría a sujetar el timón con mayor firmeza. Se puso entonces los calcetines y los zapatos, se arregló la ropa lo mejor que pudo y metió el bote en el agua. Verdaderamente, hacía ya demasiado tiempo que no veía a Amanda. Desde que se casaron no habían estado separados ni un solo día.

Subió a bordo, se apartó de la orilla empujando con el timón y rápidamente lo apoyó contra el clavo, sujetando fuerte el mango con las patas. ¡El timón daba resultado! Se estaba alejando de la ribera. Entonces el bote llegó a la corriente fuerte que había más hacia el centro del río, y empezó a bailotear y encabritarse. El timón se estremecía entre las patas de Abel, a pesar de que éste empleaba todas sus fuerzas en tenerlo sujeto. Las rodillas le baileoteaban y se le encabritaban al compás del bote, que iba dando trompicones entre los surcos revueltos de la corriente. Primero se ladeó hacia la izquierda, después hacia la derecha, y finalmente un golpe de agua se llevó el timón; y de timonel Abel pasó a ser pasajero aturdido a bordo de un resto de naufragio a merced de las aguas desbocadas.

Su bote enfiló hacia una peña, se estrelló contra ella oblicuamente, giró sobre sí y Abel se encontró de pronto en el agua, sin el bote, arrastrado como un trapo.

Por suerte pudo evitar que el río se lo llevase hasta más allá de la isla agarrándose a los flecos colgantes de un sauce llorón, y de allí se izó a la orilla. Toda aquella odisea había durado un minuto.

Con paso lento volvió a su punto de partida, junto al abedul, casi pisándose un pie con otro. El lamentable estado de su ropa, toda chorreando, le hacía sentirse aún más inepto y avergonzado: estaba acostumbrado a llevarla bien seca y planchada. Se preguntó dónde había estado su fallo. Debería haber atado el timón al clavo, por supuesto. Lo había preparado todo con demasiadas prisas, y había calculado mal la fuerza de los rápidos.

Tendría que proyectar y construir un bote de verdad, no una balsa como el trozo de tabla que acababa de abandonarle. Quizá debería ser de vela; su chaqueta serviría para eso. Esta vez el timón iría bien sujeto a través de un agujero hecho en la popa.

Una vez imaginado tan claramente el bote de vela, Abel recuperó cierta confianza. Se sentía un poquito ufano, aun con los pantalones empapados. Encontró un madero que las aguas habían depositado en la isla, un tanto repugnante porque aparecía roído, agujereado y acanalado por formas de vida inferiores. Pero en aquella situación no se podía permitir el lujo de hacer demasiados ascos. Lo llevó arrastrando hasta el borde del agua. Sería el fondo de su bote. Se lavó las patas.

Seguidamente despegó tres trozos grandes de corteza de un árbol muerto, y les dio forma para que sirvieran de costados, doblándolos y partiéndolos sobre el borde recto de una peña. Recogió un buen montón de hierbas resistentes y con ellas hizo cuerda, atándolas por los extremos. Cuando creyó tener bastante de esa cuerda, empezó a tallar canalitos en el madero.

Se trabajaba despacio con la navaja. Sin pensar, se puso a usar los dientes. ¿Qué estaba haciendo? Se echó para atrás un momento, asqueado. Pero luego siguió royendo. Nunca había roído nada que no fuera comida; pero en seguida tuvo hechos los canalitos, y la verdad era que no le molestaba el sabor de la madera, ya un poco podrida.

Encajó la corteza en los canalitos y luego se puso a atarlo todo, dando vueltas y vueltas con la cuerda, en derredor, por arriba y por abajo, hasta que apenas se podía ver el bote por debajo de todas las ataduras. Reunió entonces una brazada de hierba blanda y, con una piedra y un palo por martillo y cincel, la fue metiendo en todas las rendijas para impedir que entrase agua.

Estaba muy contento de su inventiva. Era la primera vez que hacía un bote; lo cierto es que, a pesar de ser un ratón casado, jamás había hecho nada, ni había dado golpe en su vida. Pero había visto trabajar a otros, de modo que le venían las ideas en seguida. Cuando acabó de calafatear, hizo con ramas un mástil con un travesaño, o botavara.

El mástil fue inserto entre las numerosas ataduras y sujeto con más. Luego Abel hizo un timón como el primero, lo pasó por un agujero hecho en la popa según había planeado, y echó un vistazo al bote terminado. Teniendo en cuenta lo primitivos que eran los materiales, y la falta de herramientas, tenía que reconocer que era un trabajo espléndido. Lástima que aquel día luminoso fuera su único testigo.

Antes de colocar la chaqueta en el mástil, de donde quedó colgando como el traje deslavazado de un espantapájaros, sacó del bolsillo interior el pañuelo de Amanda, aquel poquito de gasa amada que explicaba que él estuviera donde estaba. Besó el pedazo de tejido leve y se lo metió por dentro de la camisa.

Una brisa favorable vagaba sobre la isla en dirección a la orilla opuesta. Parecía un buen presagio. Abel volvió una mirada de despedida hacia aquella parte remota de la geografía del mundo que le había dado albergue por dos noches. Luego echó el bote al agua y saltó a bordo, sujetando con una pata el faldón de la chaqueta y con la otra el timón.

El bote número dos resultó peor que el primero. La corriente era demasiado rápida, y la brisa demasiado débil, para que la vela sirviera de algo. El bote giró sobre sí a pesar del timón, chocó contra una peña y se hizo pedazos. Afortunadamente, Abel salió despedido hasta un bajío de guijarros y consiguió trepar a tierra, desde donde se quedó mirando cómo el río se llevaba su chaqueta y los restos del barco.

Retorciéndose la ropa, se encaminó otra vez al abedul, que había pasado a ser su base de operaciones. Estaba enfadado con el río y empeñado en ganarle la partida.

Decidió firmemente no volver a fiarse de un timón: los timones estaban demasiado a merced de los caprichos de la corriente. Ni se fiaría tampoco de una vela, porque el viento era variable. Confiaría única-

mente en la fuerza de sus dos brazos. Había visto zapateros, esos insectos que se sostienen sobre el agua, aun en corrientes rápidas, con sus largas patas muy abiertas. Haría una especie de zapatero, un catamarán, y lo impulsaría remando.

Entusiasmado con la nueva idea, en seguida organizó un catamarán de palos entrecruzados formando una pirámide, atándolos cada vez que se cruzaban. A continuación, y empleando aquella herramienta estupenda y recién descubierta que eran sus dientes de roedor, hizo dos remos largos, que apoyó en unas muescas que había roído para que sirvieran de horquilla. Lleno de espíritu deportivo, ató su pañuelo a lo alto de una pértiga, a modo de gallardete.

Convencido de haber resuelto por fin el problema de cómo vencer a la corriente, botó su embarcación y subió al asiento de capitán con sus remos. Pero en el momento en que éstos tocaron el agua se le escaparon de las patas, y el río volvió a tomar la delantera. Una vez más zozobró contra una peña, y una vez más logró por los pelos volver a trepar a la isla.

Empezaba a sentir que le debía a su esposa, y al mundo entero, una explicación. Echaba de menos poderles decir por qué se estaba retrasando.

5

Se sentó en una piedra, manchándola de humedad. Se tiró del hocico y se mordisqueó los labios. Empezaba a comprender lo difícil de su posición. Estaba incomunicado en una isla, lejos, por lo que él podía apreciar, de la civilización; y si salía de allí, tendría que ser por sus propios medios. Pero era evidente que ninguna de las embarcaciones que podía construir con los materiales de que disponía le serviría para atravesar aquel río.

Había trabajado tan deprisa que todavía era media tarde. Pensativo, regresó al abedul, mascando setas por el camino. Sabía cuáles se podían comer porque las había estudiado en casa, en la *Botánica* de Mouse, y Amanda y él las habían cogido en el bosque. Estaba más hambriento de lo que creía.

Abel se hizo esta pregunta: aparte de nadando o en bote, ¿cómo se atraviesa un río? Por túneles y puentes, claro está. ¿Podría él excavar un túnel por debajo de aquel río, con sus patas, la navaja y quizá una pala de madera que se fabricase; sin pico, sin palanca, sin carretilla ni vagoneta, sin un cubo siquiera para sacar la tierra y las piedras?

Tendría que empezarlo desde muy lejos de la orilla, para no tener que sacar los escombros por una galería demasiado empinada; y tendría que llegar a mucha profundidad, donde el terreno sería casi tan duro como la roca, si no era roca de verdad. ¿Y cómo podría estar seguro de estar excavando a suficiente distancia por debajo del lecho del río? ¿Y si se le inundaba el túnel, o sencillamente se le hundía encima? ¡Vaya manera de morir para el descendiente de una familia antigua y noble! Aplastado por el fango más vulgar, y sin que nadie supiera siquiera lo que le había pasado, ni dónde. Sólo él lo sabría, y además ese conocimiento sólo le duraría un segundo. Había que descartar la idea del túnel.

Tendría que construir alguna especie de puente. Era inteligente y tenía imaginación. Sin duda se le ocurriría algo. La situación no era desesperada, ni mucho menos. Sin embargo, estaba claro que no podría salir de la isla aquel mismo día. Decidió explorarla.

Su abedul estaba situado cerca del extremo superior, que ya había cruzado apresuradamente. Ahora fue recorriéndola con atención a todo lo largo. Era un ejemplar típico de la zona templada, con clases conocidas de rocas, árboles, arbustos, zarzas, hierbas y otras plantas. Era arenosa en las proximidades del agua, rocosa en el extremo inferior, y, desde el punto de vista de un ratón, montañosa. Abel calculó que

tendría unas doce mil colas de largo por cinco mil de ancho.

Lo que más hogareño resultaba en todo aquel sitio extraño lleno de objetos familiares era el abedul. Ya había dormido en él dos veces. Al volver a él oyó canto de pájaros y los vio, pero ellos no parecieron interesarse por Abel, y Abel no tenía esperanzas de poder comunicarse con ellos. Ellos eran salvajes, y él civilizado. Sabía que a algunas palomas se les podía enseñar a llevar mensajes. Había oído el arrullo de una paloma torcaz, pero no era esa clase de palomas.

A pesar de estar viviendo una experiencia de lo más extraordinario, Abel se aburría. No era una aventura que él hubiera querido correr. Se la habían impuesto a la fuerza, y eso le molestaba. Hasta empezaba a disgustarse con sus amigos, por carecer éstos de la lógica necesaria para figurarse dónde estaba y poder así venir a rescatarle. Tenía ganas de estar en su casa, con su amante esposa, rodeado de los libros que le gustaba hojear, de sus cuadros y de sus elegantes pertenencias, vestido con prendas bien hechas y de moda, cómodamente instalado en un sillón. Ni siquiera le habría importado aburrirse *allí*, con la mirada fija en los dibujos del papel de la pared. Estaba harto de aquella isla estúpida y sin sentido.

Pero era en aquella isla estúpida donde iba a pasar esa noche, por lo menos, envuelto en una ropa sucia que empezaba a oler a moho. ¿Y si tenía que quedarse más tiempo? Por el lado de la comida no habría problema: en la isla abundaban las plantas comestibles, muchas de las cuales sabía reconocer por ilustraciones que había visto en su enciclopedia. Y había también insectos, que podría comer si no le queda-

ba otra alternativa para no morir de hambre. Seguiría durmiendo en el abedul, donde, si no estaba completamente protegido, tenía en cambio la ventaja de un reducto elevado, el lugar de más posibilidades en caso de conflicto.

De cena comió zanahorias silvestres, luego de rasparlas cuidadosamente con la navajita. Después, con las patas cruzadas sobre la barriga, allí donde se les estaba extrayendo a las zanahorias toda su sustancia, se quedó sentado al pie de su abedul, a la luz opalina del día que se iba apagando, e hizo recuento de sus cosas. Tenía una camisa, unos pantalones, calcetines,

zapatos, ropa interior, una corbata y unos tirantes. La chaqueta la había perdido con el bote de vela que se hizo añicos, el pañuelo con el catamarán. En los bolsillos tenía el cabo de un lápiz, un cuadernito de notas muy húmedo, unas cuantas monedas, las llaves de su casa y la navaja.

Y, por supuesto, tenía el pañuelo de Amanda. Apretó la cara contra él. A pesar de todas las lavaduras que había sufrido, sus hilos conservaban todavía el perfume querido de Amanda. Abel sintió pena de sí mismo, pero rechazó en seguida aquel sentimiento. Sólo cuando pensó en la tristeza que por él estarían pasando Amanda, su familia, sus amigos, se permitió por fin derramar unas cuantas lágrimas ardientes. La desesperación empezaba a oscurecer su espíritu. Allá en el fondo de los fondos, donde reside la verdad, no estaba del todo seguro de que fuese a salir pronto de la isla.

Se recostó contra su árbol y contempló el río, aquel río que pasaba gorgoteando, sin otra cosa que hacer que eso, ser un río. El río estaba donde debía estar; Abel no. Se sentía desplazado. Cuando anocheció, trepó a lo alto de su árbol y se tendió en el ángulo de una rama con el tronco, apretando contra sí el pañuelo de Amanda.

De pronto le emocionó ver aparecer por el este su estrella particular, personal. Era una estrella que su niñera había escogido para él cuando era niño. De pequeño hablaba a veces con ella, pero sólo en los momentos en que era el Abel más serio, el de verdad, cuando no estaba haciendo el payaso o tratando de llamar la atención. Al crecer se le había pasado un poco esa costumbre.

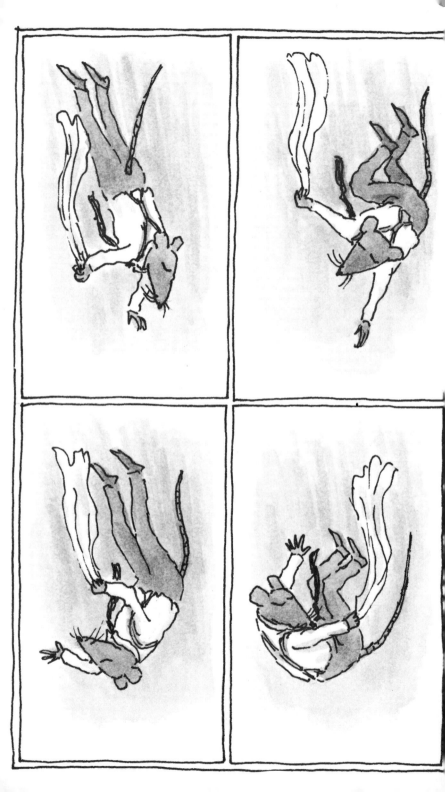

Alzó los ojos hacia su vieja amiga, como diciendo: «Ya ves en qué triste situación me encuentro.»

La estrella pareció responder: «Ya veo.»

A continuación Abel le preguntó: «¿Qué voy a hacer?»

Y la estrella pareció contestar: «Vas a hacer lo que tengas que hacer.»

Sin saber por qué, esa respuesta reforzó la confianza de Abel en sí mismo. El sueño le envolvió dulcemente. Las constelaciones fueron cruzando el cielo callado, como si pasaran de puntillas junto al ratón dormido en su rama tan alta.

Abel soñó con Amanda: sueños extraños, inacabados. Cuando despuntaba el nuevo día, soñó que caía por los aires. No había nada a que agarrarse en aquel horrible vacío, y como una piedra iba derecho a estrellarse contra el suelo duro, donde le esperaría un dolor inimaginable. ¿Soñaba realmente? Sí. Pero también estaba cayendo de verdad. Sueño y realidad eran una misma cosa. Tropezó con una rama llena de hojas, que amortiguó su caída, y aterrizó en la alta hierba y se encontró despierto. Le puso malo ver el río a aquella luz pálida y temprana.

6

¿Era casualidad que hubiera ido a parar allí, a aquella isla desierta? Abel empezó a meditar. ¿Acaso había sido escogido por alguna razón, y se le estaba sometiendo a una prueba? Si era así, ¿por qué? ¿No bastaba para demostrar su valía el que una persona como Amanda le quisiera?

¿Bastaba, o no? ¿Por qué le *quería* Amanda? No es que fuera tan guapo. Y no tenía ningún talento especial. ¿Qué clase de ratón era él? ¿No era verdad que era un pedante, un presumido, y frívolo en ocasiones serias, como le había dicho Amanda una vez que riñeron? Había hecho el tonto hasta en su propia boda, riéndose durante la ceremonia, haciendo payasadas al cortar la tarta. ¿Por qué se comportaba así?

Lleno de preguntas como ésas, fue a lavarse la cara en el río que le tenía preso, y bebió unos sorbos de su agua. Se dio cuenta de que era una tontería tenerle ojeriza a aquel río. El río no se la tenía a él. Lo único que pasaba es que estaba allí; seguramente llevaba siglos y siglos estando allí.

Encontró una mata de frambuesas maduras y se comió una buena cantidad de desayuno. Era su tercera mañana en la isla. Cascando despacio las pocas semillas que le quedaban en la boca, volvió a pensar en un puente. Decidió que podría hacerlo de cuerda, un solo cabo flotante al que pudiera irse agarrando hasta la otra orilla. Tendría que ser resistente, para que la corriente no la rompiese, y ligera, para poder arrojarla hasta el otro lado. Ataría una piedra a uno de los extremos, e intentaría engancharla en unos matorrales que ya había elegido en la orilla de enfrente.

Esta vez trabajó metódicamente, sin nervios y sin prisas. Lo primero que hizo fue defecar detrás de una peña, aunque nadie le estaba mirando. Luego cortó hojas largas de garranchuelo, un material muy resistente, y sentado en el suelo con las piernas cruzadas las fue desgarrando a lo largo para sacar muchas tiras de cada hoja. Estuvo así varias horas, disfrutando con aquella tarea absorbente.

Cuando le pareció que ya había bastantes, se puso a trenzar y entretejer las largas fibras para formar una soga continua. De trecho en trecho daba unas vueltas a la soga con unas cuantas tiras de hierba y las ataba con un nudo apretado para evitar que la soga se deshiciera. Estaba haciendo lo que a menudo, apoyado en su bastón, había visto hacer a otros.

Pasó el mediodía. Abel sólo pensaba en la soga: en su confección y en cómo iba a usarla. Pero, a medida que la soga fue creciendo, Amanda, que andaba siempre por algún rincón de su pensamiento, pasó a primer plano. Se preguntó qué estaría ella pensando.

Sin duda le habrían estado buscando en una extensa zona alrededor de la cueva, temiendo encontrarle herido, o muerto. Pero, ¿qué conclusión habrían sacado cuando no le encontraron? ¿Habrían salido inmediatamente en su busca? El vendaval no les habría dejado ir muy lejos. Estaba seguro de que a Amanda la habrían tenido que contener para que no arriesgara su vida por ir en su ayuda. Habrían pasado la noche en vela dentro de la cueva, y habrían iniciado la búsqueda a primeras horas de la mañana siguiente, ya pasada la tormenta. A estas alturas era seguro que la ciudad entera le estaría buscando: su padre, que tenía muchas influencias, se habría encargado de eso. Podían ir a buscarle hasta muy lejos: pero hasta allí, ¡nunca!

¡Qué desesperada estaría Amanda! Pero tanto mayor sería su alegría cuando volviera a tenerle a su lado.

Había atardecido cuando acabó de tejer la longitud de soga suficiente para cruzar el río. La puso cuidadosamente en el suelo, formando un anillo grande. Sería prudente, sin embargo, esperar hasta la mañana siguiente para hacer la travesía. Si la hacía ahora tendría que dormir al otro lado, donde se sentiría menos a gusto que aquí. Y además estaba cansado.

Comió las semillas de la planta con que había estado trabajando: las tenía todas esparcidas a su alrededor. Bebió en el río, y luego, por entretenerse un poco, se adentró en la isla, comisqueando olorosas frambuesas según andaba. En un sitio agradable, abierto pero sombreado por ramas colgantes, vio en el suelo el tronco hueco de un árbol muerto, y entró en él.

Recordando su caída del abedul, pensó que aquel tronco sería un refugio más seguro para pasar la noche. En seguida se puso a sacar parte de la podredumbre que había dentro. El tronco tenía ramificaciones, que también estaban huecas por haberse podrido el interior. Equivalía a una casa con varios pabellones: ningún animal de presa podía entrar allí, ni meter el pico, la garra o el colmillo hasta donde Abel pensaba dormir. En cuanto a las culebras, había piedras con que taponar la entrada desde dentro.

Estuvo un rato tumbado boca arriba, con el pañuelo de Amanda sujeto con ambas patas junto a su pecho. Después de estar todo el día trabajando, seriamente y bien, sentía un orgullo justificado. Se había procurado comida y alojamiento, y había tejido una soga que sería su puente hacia la libertad, hacia el hogar y hacia el amor.

Pasó aquella noche en el tronco, esperando ansioso la mañana. Contaba con poder impulsar la soga hasta el otro lado del río utilizando sus tirantes a manera de tirador.

7

Al amanecer Abel estaba ya en el río, donde se lavó, desayunó y se puso a trabajar en su puente. Hizo con los tirantes un tirador, sujetando uno de los extremos a un matorral robusto. Luego colocó la soga dándole unas cuantas vueltas anchas y sueltas, que se enderezasen fácilmente al arquearla en el aire. Ató una punta a una piedra y la otra al matorral, hizo un hueco en los tirantes para alojar allí la piedra, y se dispuso a disparar.

Cogiendo la piedra, ya metida en su sitio, y echándose hacia atrás, tiró de ella con todas sus fuerzas, alargando los tirantes todo lo que el elástico daba de sí, y apuntó en dirección a los matorrales de la orilla opuesta. Deseando fervientemente que la operación saliera bien, soltó el proyectil.

La piedra, arrastrando la soga tras de sí, describió una pequeña parábola en el aire, y acto seguido toda la línea, como dando un suspiro, fue a caer lánguidamente en el río, a sólo noventa colas de distancia. Abel la recogió rápidamente. Como todavía le quedaba un resto de esperanza, organizó otra vez su artilugio y volvió a probar, utilizando una piedra más ligera. Esta vez el resultado fue todavía más triste. La soga se había mojado, y pesaba mucho.

Entonces Abel trató de voltear la piedra por encima de su cabeza con una línea cada vez más larga, para soltarla después como si fuera la boleadora de un gaucho. Este sistema más sencillo resultó mejor que el de los tirantes, pero por poca diferencia. Abel recogió

la soga y se sentó junto a ella, cogiéndose la cabeza
entre las patas.

La obstinación de su carácter le vino bien en
esta ocasión. Se negaba a admitir la derrota. Unos minutos de ceñuda meditación dieron como fruto otra
idea: una hilera de piedras para ir pisando de una en
otra. ¿Cómo no se le había ocurrido antes un procedi-

miento tan sencillo? Haría montones de piedras, usando cada uno como base de apoyo para hacer desde él el siguiente, hasta tener los necesarios para pasar caminando, o brincando, hasta la otra orilla.

Dedicó el resto del día a amontonar una enorme cantidad de piedras pequeñas y grandes, que tenía que ir a buscar cada vez más lejos. Cuando el sol se puso, estaba tan agotado que se tendió en su tronco sin cenar, y se quedó dormido antes de que los pájaros pusieran punto final a sus últimos parloteos vespertinos.

A la mañana siguiente, tras devorar un gran desayuno, se metió en el agua hasta el cuello, para construir el primer peldaño. Una vez terminado lo contempló con satisfacción. Observó que habría que ponerlos muy juntos, porque sólo podía dar un saltito corto si iba cargado con un peso grande. Consiguió hacer el segundo y el tercero, y allí acabó la cosa.

El que tendría que haber sido cuarto peldaño, que empezó en aguas más rápidas, no llegó a formarse, porque la corriente se llevaba las piedras más pesadas que Abel era capaz de transportar. Era un proyecto irrealizable. La parte media del río, suponiendo que pudiese llegar a ella, tenía que tener mucha profundidad, e incluso si las piedras aguantaban en su sitio, para hacer un solo peldaño necesitaría más piedras de las que pudiera encontrar en la isla o acarrear en todo lo que le restase de vida.

Seguiría pensando. Era tradicional en su familia no darse nunca por vencido, sino roer los problemas hasta resolverlos. Por el momento, sin embargo, se le habían acabado las ideas. Empezó a cultivar una paciencia testaruda.

En los días siguientes descubrió nuevas fuentes de alimento: chufas, moras, mostaza y cebollas silvestres, nuevas clases de setas, hierbabuena, menta y algodoncillo. Sus pasadas lecturas le ayudaron a reconocer estas plantas. Se hizo una hamaca de fibras de hierba y se balanceaba sobre ella tirando de una soga, meciéndose de un lado a otro como las algas en el mar movido, lleno de estupor. Le pasmaba su propia soledad, su propio silencio.

Todas las noches dormía en el tronco. Ya era medio hotel, medio hogar. Pero el punto focal de sus idas y venidas seguía estando en el abedul. A menudo se subía a él para otear los alrededores y sentarse allí mordisqueando una ramita.

Acababa el mes de agosto cuando se convenció de que era un habitante de la isla, le gustase o no. Era donde vivía, lo mismo que una prisión es donde vive un preso. Constantemente pensaba en Amanda. Pensaba en sus padres, en sus hermanos y hermanas, en sus amigos. Sabía que estarían afligidos y le apenaba su aflicción. Él, por lo menos, sabía que estaba vivo. Ellos no. ¿Qué haría Amanda? ¿Cómo transcurrirían los días para ella? ¿Seguiría escribiendo poesías? ¿Podría comer, dormir, disfrutar de la existencia de algún modo?

Siempre tenía su imagen en el pensamiento, tan nítida a veces como en la realidad, y sonreía con nostálgica ternura, recordando su manera de ser. Amanda era soñadora. A menudo parecía como si estuviera soñando el mundo real que la rodeaba, las cosas que estaban ocurriendo de verdad. Podía soñar con Abel cuando él estaba allí a su lado. A Abel le gustaba mucho aquel carácter soñador de ella. Le gustaban sus ojos soñadores.

A todas partes donde iba en la isla llevaba puesto el pañuelo de Amanda alrededor del cuello, con las puntas anudadas. No quería dejarlo en el tronco.

8

Era septiembre cuando a Abel se le ocurrió otro sistema para volver a casa: catapultarse hasta el otro lado del río. Con toda la ropa rellena de hierba para caer en blando, y utilizando como cabrestante un tocón pequeño, con una soga trató de doblar un arbolito hasta el suelo, para que de rebote le lanzase sobre el agua. Pero sólo consiguió doblarlo dos colas y media: eso fue todo lo que el tronco cedió a sus fuerzas. De modo que también ese sistema fracasó.

Pocos días después logró encender fuego. Había aprendido en el colegio los métodos primitivos para hacerlo, pero nunca lo había intentado. Tras una serie de fracasos, dio por fin con el tipo de palito adecuado para frotarlo contra la madera seca adecuada, y con el tipo de combustible adecuado para prender la primera llama. Sus hogueras le parecieron tan mágicas como les habían parecido las suyas a sus antepasados prehistóricos.

Primeramente las utilizó como señales de humo, para atraer la atención de cualquier ser civilizado que pudiera haber entre los árboles de las otras orillas. Cuando tenía una encendida, la tapaba parcialmente con hojas húmedas para que echara un humo blanco espeso.

Aprendió a tostar semillas poniéndolas sobre piedras junto al fuego. Más tarde pudo guisar diversas verduras, condimentadas con ajo o cebolla silvestre, en ollas hechas con una arcilla rojiza que había en el extremo inferior de la isla. Cocía la arcilla a fuego fuerte y durante mucho tiempo, hasta que se volvía muy dura.

Con esa arcilla hacía también cuencos muy delgados, como de papel, y de cuando en cuando echaba un cuenco al río con una nota dentro, y una flor o una ramita sobresaliendo para que llamara la atención. Una de esas notas decía así:

A la persona que encuentre esto: Por favor hágalo llegar a mi esposa, Amanda di Chirico Pedernal, calle de la Ribera 89, Musgania.

ÁNGEL MÍO QUERIDÍSIMO: ¡Estoy VIVO! Estoy solo en una isla, incomunicado, río arriba de donde se encuentre, Dios mediante, esta nota. Hay un abedul alto en el extremo norte de la isla. La isla mide unas doce mil colas de largo y está más abajo de una cascada. No te alarmes, pero envíame ayuda.

Con todo el amor de que soy capaz,

ABEL

La persona que encuentre esto, que por favor envíe ayuda también. Podré gratificarla con una cuantiosa recompensa.

A veces Abel se subía a lo alto de su abedul, o a algún otro árbol, y durante muchos minutos ondeaba su camisa blanca de un lado a otro, y arriba y abajo, con la esperanza de que alguien apareciera milagrosamente, contestara a su señal y viniera a rescatarle. Gritar no servía de nada: el río hacía demasiado ruido para que sus voces llegaran al otro lado.

Durante las lluvias equinocciales, Abel pasó todo un día tristísimo sin salir, escuchando el diluvio incesante que caía sobre su tronco, contemplándolo desde la puerta y desde las troneras que había hecho —el manto infinito de la lluvia, la vegetación lacia y mojada, las gotas que caían de todas las cosas como contándose unas a otras, los regatos y los charcos, las lejanías brumosas— y sintiendo en su interior una melancolía antigua.

La lluvia hacía meditar sobre las partes más sombrías, más dolorosas de la vida: las penas ineludibles, los anhelos mudos, los desengaños, los pesares, las tristezas sin esperanza. Daba ocasión también para plantearse interrogantes que uno no se hacía en medio del ajetreo de los días mejores; y si se estaba bien abrigado bajo un techo sólido, como estaba Abel, uno se sentía un poco como protegido por su madre, aunque no hubiera madres a la vista y estuvieran ya absueltas de responsabilidades. Abel no podía por menos de querer a su tronco seco.

Por la noche, cuando aclaró, salió a la hierba húmeda y contempló cómo una luna joven se esfumaba

detrás de las nubes y reaparecía una y otra vez, como un nadador en el mar. Luego se metió en su tronco, taponó la entrada y se acostó con el pañuelo de Amanda.

Intoxicado por el olor de la madera en descomposición, perdió el conocimiento. Afuera había un estruendo de grillos, y el río no dejaba de bramar, y la luz nacarada de la luna iluminaba un mundo majestuoso; pero el interior del tronco estaba oscuro y en silencio, como una cripta.

Toda la noche estuvo el náufrago soñando con Amanda. Estaban juntos otra vez, en su casa. Pero su casa no era el número 89 de la calle de la Ribera de Musgania; era un jardín, algo parecido a la isla, y lleno de flores. Lo maravilloso de aquel sueño, que por lo demás no tenía nada de particular, era que Abel *sabía* que estaba soñando, y tenía la seguridad de que su esposa estaba soñando exactamente lo mismo en el mismo momento, de modo que estaban tan cerca el uno del otro como cuando más lo habían estado en el mundo material.

9

La idea de que podía visitar a Amanda en sueños no se apartaba de su pensamiento. Tal vez pudiera llegar hasta ella también despierto. Empezó a enviarle «mensajes mentales». Sentado en la horcadura de su rama preferida del abedul, proyectaba sus pensamientos, sentimientos, preguntas, anhelos, en la dirección que le parecía ser la de su casa. A veces tenía la sen-

sación de que Amanda «oía» aquellos mensajes y respondía con otros cargados de amor. Esa sensación le llenaba de gozo.

Llegó a convencerse de que podía volar hasta su esposa por los aires, o planear como una ardilla voladora. Con una hoja de catalpa estirada sobre dos palos hizo un planeador, se lo ató a la espalda y trepó hasta lo más alto del abedul. Desde allí se dejó caer al vacío, con los brazos abiertos, de cara a la otra orilla. En lugar del vuelo majestuoso que esperaba, describió un lento y airoso semicírculo, se dio vuelta en el aire y fue a estrellarse de espaldas contra la hierba. Permaneció allí tendido varias horas, con el ánimo destrozado y paralizado por el dolor.

Una vez recobrado de cuerpo y ánimos, le dio por volver a subirse al abedul. Un día, cuando iba serpenteando para arriba, dando vueltas y vueltas alrededor del tronco, le pareció que, de algún modo, el árbol tenía conciencia de él y de su espiral ascendente, y que le gustaban sus delicados correteos, lo mismo que a él le gustaba la brava dureza y la juiciosa arquitectura del árbol. Tenía la sensación de que el abedul se daba cuenta de lo que él pensaba, aunque no pudiesen intercambiar palabras.

Creía en sus «visitas» a Amanda; tenía su abedul y su estrella, y creció en él la convicción de que la tierra y el cielo sabían que estaba allí y también le miraban con simpatía; conque no estaba realmente solo, ni se sentía realmente triste del todo. A veces le invadía un éxtasis repentino, y entonces se ponía a hacer piruetas en lo alto de las peñas, o brincaba por las ramas de los árboles, gritando sílabas sin sentido. Al fin y al cabo, estaba en la flor de la vida.

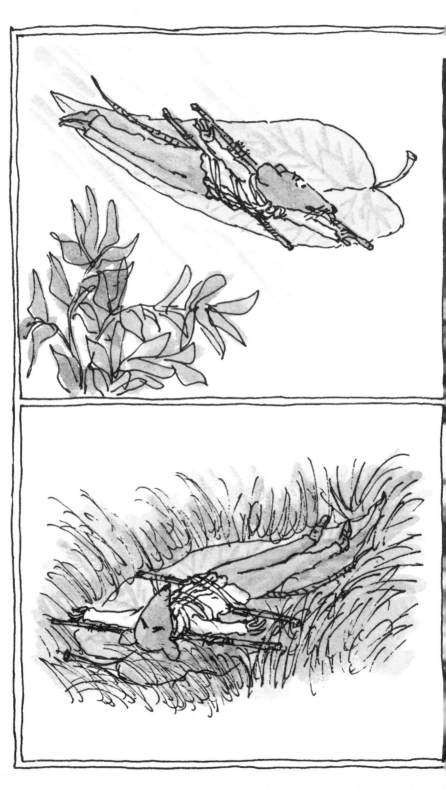

A finales de septiembre, cuando se despertaba por las mañanas veía escarcha en el suelo. Eso, y el notar el aire más frío, le hizo preocuparse ante la proximidad del invierno. ¿Y si para entonces seguía estando allí? En sus recorridos por la isla había encontrado bellotas y avellanas, y también girasoles llenos de pipas. Empezó a almacenarlo todo dentro del tronco.

Al vivir inmerso en la naturaleza, empezó a darse cuenta de las muchas cosas que pasaban por

debajo de la aparente quietud. Las plantas crecían y daban fruto, las ramas de los árboles se multiplicaban, los capullos se convertían en flores, las nubes se formaban de maneras y en figuras siempre nuevas, los colores cambiaban. Sintió una necesidad imperiosa de participar en el diseño y la composición de las cosas. La arcilla roja con la que había hecho cazuelas y platos le inspiró a hacer algo que no fuera práctico, algo bonito.

Hizo una estatua de Amanda de tamaño natural. Aunque en realidad no se le parecía, sí tenía todo el aspecto de una ratona. Su obra le dejó asombrado. Buena o mala, era escultura. Era arte. Volvió a intentarlo una y otra vez, aprendiendo a fuerza de equivocarse, y al fin le pareció tener una imagen de su esposa lo suficientemente real como para abrazarla.

A continuación hizo estatuas de su querida e indulgente madre, de cuya riqueza procedían sus propios ingresos, y de sus diversos hermanos y hermanas, y las colocó todas fuera del tronco, donde pudiese verlas desde las ventanas.

Otro día hizo a su padre. A él le talló en madera dura, royendo fieramente sus formas con los dientes. Se alejaba con frecuencia para estudiar los resultados de sus roeduras, hasta que al fin creyó haber captado el aspecto altivo, severo, reservado, fuerte y honesto de su progenitor. Colocó su estatua junto a la de su madre.

No había llevado cuenta de los días, pero el color de las hojas iba virando del verde a diversos amarillos, dorados encendidos, rojos llameantes, y supo que era octubre. Recogió montones de pelusa de las vainas del algodoncillo para abrigarse en su tronco. Con

hebras de hierba tejió esteras para el suelo y cortinas para las ventanas, con objeto de evitar las corrientes, y sujetó las cortinas clavándolas con espinas. Más tarde hizo contraventanas de corteza de árbol.

Envió noticias de sus quehaceres a Amanda, seguro de que sus mensajes aerotransportados llegaban hasta ella. Animado, según creyó, por su esposa, incrementó sus provisiones para el invierno y entre tanto se limitó a comer de lo que quedaba en el exterior. Por la noche, desde las alturas, su estrella lucía sobre él con orgullosa aprobación.

Cuando el fuego otoñal acabó de prender los árboles, Abel vagaba sin rumbo fijo por la isla hasta que la visión del color flameante le encendía interiormente con sensaciones de amarillo, anaranjado y rojo. Exprimió bayas de saúco que había recolectado a principios de mes y guardó el jugo en recipientes de barro para que se hiciera vino. Se manchó las manos y la camisa de color morado, pero ya no le importaba su aspecto.

En los grises días de noviembre, cuando las hojas secas se congregaban en montones en el suelo, Abel hizo un hallazgo extraordinario. Creía haber explorado la isla por entero, pero no era así. Ya cerca del extremo inferior, junto a la orilla oriental, encontró un reloj de grandes proporciones, con cadena, y un libro enorme. El reloj tenía el tamaño de una mesa

de comedor con capacidad para tres ratones. El libro medía cuatro colas de largo por tres de ancho y casi una de espesor. Encima tenía puesta una piedra, y era ella, sin duda, y la forma del terreno, lo que había impedido que la riada se lo llevase.

A juzgar por su estado, aquel libro llevaba allí bastante tiempo, y había sufrido varios cambios meteorológicos además de la inundación. En la cubierta, de tela, se habían hecho ampollas y arrugas; el título, *Hijos e hijas,* estaba borroso y casi ilegible. Algún animal grande había estado en la isla, tal vez de excursión, y al marcharse había dejado olvidados el libro y el reloj. Probablemente había puesto la piedra sobre el libro para que no se abriera con el viento.

El corazón de Abel se aceleró. ¡La isla era conocida por seres civilizados, y volvería a ser visitada! Tendría que dejar carteles por todas partes para anunciar su presencia. Mientras tanto, el libro excitaba su curiosidad. Con mucho trabajo echó a rodar la piedra, que era más grande que él, y levantó la rígida cubierta.

Las páginas estaban alabeadas y manchadas de humedad, pero la letra estaba bastante clara. Consiguió separar la portada de la página primera, y empezó a leer, caminando de un lado a otro sobre las líneas impresas. El libro comenzaba con la descripción de un baile de máscaras. Los personajes eran osos, animales que, como otros de gran tamaño, siempre habían fascinado a Abel. Era maravilloso tener un libro largo que le distrajera y le hiciera compañía. Decidió leer un capítulo cada día.

Cerró el libro y lo tapó cuidadosamente con un montón de hojas, para que el sol y la lluvia no lo estropearan más. Luego, con el extremo de la cadena echado sobre el hombro, empezó a tirar del reloj hacia su casa. Pesaba mucho, pero el platino pulido de la caja resbalaba sobre las hojas secas caídas y hacía más fácil el arrastre.

10

A primera hora de la mañana siguiente Abel volvió corriendo al libro, quitó las hojas de encima y siguió leyendo desde donde se había quedado. El baile de máscaras estaba muy animado, aunque entre los invitados se hablaba de una posible guerra. El personaje principal era un capitán del ejército de su país. Estaba perdidamente enamorado de una bella damisela, una osa con quien bailaba un par de valses. Abel tuvo que echarse a reír con uno de los osos, que iba disfrazado de ratón. Lo que leía le hacía echar de menos su vida normal, pero aun así disfrutaba con la lectura.

Tras saltar de lado a lado devorando con ansia las palabras, se forzó a dejarlo cuando acabó el capítulo. Volvió a cubrir de hojas el libro y se fue a casa.

Allí, por si acaso aparecían los osos que se habían dejado el libro, o cualquier otra persona, Abel hizo tabletas de arcilla como ésta:

y las coció al fuego.

Al día siguiente fue colocando los carteles en lugares de la isla bien elegidos, apoyándolos contra árboles o piedras, con la flecha siempre apuntando hacia su casa, el tronco. Tenía que arrastrar las tabletas por el suelo atadas con una cuerda, de lo grandes que eran. Observó que a lo largo de la orilla había delgadas láminas de hielo, y por un instante tuvo la visión emocionada de un río helado que se podría atravesar andando; pero en seguida recordó que un agua que corría tan rápida no se podía helar.

Tenía curiosidad por saber si el reloj andaba. A fuerza de hurgar y empujar con un palo en las estrías de la corona consiguió hacerla girar una docena de veces. El reloj empezó a hacer tictac. Los sonidos a los que ya se había acostumbrado, el rugido y gorgoteo del río, el lamento y el gemido del viento, el tamborileo y goteo de la lluvia, el gorjeo de los pájaros y el chirrido de los insectos, tenían ritmos naturales, irregulares, que eran muy sedantes, pero la cadencia uniforme y mecánica del reloj le proporcionaba algo que hasta entonces había echado de menos en aquel lugar salvaje. Ella y el libro le ayudaban a sentirse en contacto con el mundo civilizado de donde procedía. La hora que el reloj pudiera decirle no le era de ninguna utilidad, pero necesitaba su tictac.

Abel llevaba una existencia atareada. Había gastado todas las páginas de su cuadernito de notas poniendo a flotar mensajes por el río, pero todavía hacía algunas señales de humo y, de vez en cuando, aunque pareciera un esfuerzo vano, se subía a su árbol y agitaba su camisa manchada y hecha jirones. Tenía su libro para leerlo y pensar en él, había que ocuparse de dar cuerda al reloj, seguía haciendo esculturas, y naturalmente tenía que atender a sus necesidades materiales.

También le tenía atareado el tomarse las cosas con calma. Había descubierto que sólo tomándolas con calma se podía meditar sobre ellas debidamente. Una noche, cuando descansaba bajo las estrellas, disfrutando del murmullo del río y del viento de noviembre, una sombra alada se cernió de repente sobre él, apagando las estrellas que había estado contemplando. El instinto le hizo ponerse en pie y meterse de cabeza en una rendija entre dos peñas.

Con mudo terror se acurrucó en la rendija mientras el búho, con sus garras como garfios, trataba de sacarle. El animal se posó en la peña y empezó a hurgar, mientras Abel se encogía y se agazapaba cada vez más hacia el fondo de la hendidura. Luego el búho dejó de hurgar y anduvo escarbando sobre la peña, oteando la noche con ojos inescrutables. Por fin alzó el vuelo y se posó en un árbol.

Abel veía la silueta oscura del búho entre las ramas, y más allá las estrellas vibrantes. ¿De dónde había venido aquel intruso? ¿Por qué? ¿Habría visto quizá las señales de Abel? Le había asombrado el sigilo con que el animal se había dejado caer del cielo. No se había oído ningún batir de alas, ninguna agitación. Era espeluznante que un asesino alado pudiera abalanzarse sobre uno tan silenciosamente.

La estrella de Abel estaba allí arriba, entre las otras. Parecía decir: «Os veo a los dos». Abel escapó de su refugio y se lanzó a la carrera hacia el tronco. El búho estaba a sus espaldas. Abel corría a toda la velocidad que sus piernecillas aterrorizadas le permitían.

Se quedó sin respiración cuando el búho le agarró. Se sintió cogido y alzado en volandas, muerto de espanto, por el aire siniestro. Tuvo entonces el acierto, y las fuerzas justas para ello, de sacar la navaja, desplegar la hoja y acuchillar frenéticamente los dedos callosos del búho.

Con un chillido el búho le soltó, y Abel cayó sin miedo alguno a la caída. Atolondrado corrió a su casa, se metió precipitadamente y taponó la entrada con piedras. Al momento siguiente sintió que el búho

aterrizaba sobre el tronco hueco, y sus entrañas se estremecieron. Se acurrucó inmóvil en un rincón. Oía al búho revolverse justo encima de él, sólo a una cola de distancia.

A medida que la noche avanzaba, el terror pasó a ser resentimiento. El ratón pensó en la posibilidad de presentar batalla al búho con su navaja, sacarle sus estúpidos ojos con un palo afilado, prender fuego a sus plumas con una antorcha. Indignado y sin miedo, se durmió.

Por la mañana renació en él la prudencia. Se asomó cautelosamente a las ventanas, torciendo el cuello para asegurarse de que no había ningún verdugo en el tejado. Pasó casi todo aquel día en su lecho de pelusa de algodoncillo, y sólo se aventuró a salir a última hora de la tarde, llevando al hombro una larga pértiga con la navaja abierta atada a la punta.

Durante bastante tiempo, a partir de su encuentro con el búho, fue extremadamente precavido, incluso en pleno día, cuando se supone que los búhos duermen.

11

Un día, a finales de noviembre, Abel volvía a casa procedente del libro, cavilando sobre un capítulo que acababa de leer. Los osos se iban a la guerra, contra osos de otro país. Iban a la guerra, aunque en ambos bandos todo el mundo deseaba la paz. El asunto daba que pensar, sobre todo teniendo tanto tiempo para ello.

El cielo estaba gris. La naturaleza presentaba su aspecto más sombrío. A Abel le pareció ver copos de nieve, pero no cayendo, sino flotando por el aire. Luego se hicieron más abundantes, y sintió que unos cuantos se le derretían sobre la cabeza. Ya sabía que se acercaba el invierno, pero estos nuevos indicios de su proximidad le intranquilizaron. ¿Estaba tan preparado como debía? Además, había un búho por los alrededores, lleno de perversas intenciones, y eso acrecentaba su intranquilidad. El entorno no parecía demasiado amistoso.

Sobre la hierba muerta vio una pluma gris parduzca. Seguro de que sólo podía ser del búho, se la llevó a casa. Una vez allí pinchó el cañón en la madera

blanda y semipodrida del suelo, y la pluma quedó tiesa
en el aire, como una especie de talismán. El tenía algo
del búho, de su propio cuerpo, pero el búho no tenía
nada suyo. Eso le daba una sensación de ventaja, por
lo menos de momento.

De repente se encontró recitando a la pluma
un encantamiento, sin saber de dónde venían las palabras:

> Búho feo, bicho repelente,
> no has de atraparme,
> por más que lo intentes.

No puedes dañarme
ni puedes matar:
¡tengo tu pluma,
horrible animal!

Sintió que aquel hechizo paralizaría la potencia maligna de la aborrecida ave de presa. Acto seguido salió a su patio, y bajo la blanda nieve que caía se dirigió a la estatua de Amanda, como si fuera ella misma. «Amanda», dijo, «estoy a salvo». Luego se metió en casa y se puso a hacerse una capa para el invierno, con capucha. Tejió dos piezas de tela con los finos filamentos de la hierba, y entre las dos metió parte de la pelusa de algodoncillo que había almacenado en el tronco.

Todavía lleno de presentimientos de un invierno crudo, anduvo buscando lo que sin duda serían las últimas materias comestibles que hallase en la isla: diversas semillas, bayas secas, setas. Atiborró sus habitaciones de aquellas viandas. Tal vez era más de lo que necesitaba para pasar el invierno, pero no tenía modo de saberlo. De cualquier forma, su abundante despensa sirvió para aliviar su preocupación.

Un día, cuando estaba entretenido en estas tareas domésticas, se sobresaltó al ver otra vez el búho, posado en la rama de un árbol próximo a su casa. Estaba dormido, pero su postura tiesa, como la de un centinela del infierno, sus ojos, que aun cerrados parecían mirar fijamente, sus garras prietas sobre la rama y el crepúsculo sanguinolento que tenía el cielo a sus espaldas llenaron al pobre Abel de invernales terrores. Corrió a casa, con el corazón dando tumbos. ¿Qué debía hacer? ¿Sería posible matar a aquella criatura re-

pugnante mientras dormía, de modo que muriese como en sueños? ¿Cómo? ¿Con una piedra atada a una cuerda? ¿Con fuego? ¿Con una jabalina de madera en llamas?

Tantas aves se habían ido al sur. ¿Por qué el búho no? ¿Sería verdad que el búho era un ave? ¡Qué ave tan extraña y demoníaca! De vuelta en su tronco, Abel se arrodilló a rezar e hizo una pregunta que ya había hecho otras veces, pero nunca con tanta perentoriedad: ¿Por qué había hecho Dios a los búhos, las culebras, los gatos, los zorros, las pulgas y otras criaturas igualmente asquerosas y abominables? Pensaba que tenía que haber alguna razón.

12

En diciembre Abel empezó a hablar consigo mismo.

Ya lo había hecho antes, pero interiormente nada más. Ahora empezó a hacerlo en voz alta, y el sonido de su propia voz vibrando en su cuerpo le resultaba vital. Llamándose por su nombre, se daba consejos, o se hacía preguntas y las contestaba. A veces organizaba una discusión de Abel contra Abel, y hasta se enfadaba mucho cuando no estaba de acuerdo con sus propias opiniones. A menudo se encontraba difícil de convencer.

También hablaba en voz alta a Amanda, dirigiéndose a su estatua. Le aseguraba que volvería a verla, y a los demás seres queridos. No había ninguna duda de que saldría de la isla, aunque todavía no tenía ni idea de cómo lo haría. Era paciente; es decir, se consideraba paciente. Porque, ¿qué otra criatura tan anhelante de amor, nostálgica de su esposa, añorante de su hogar se habría mantenido tan agitadamente tranquila, tan nerviosamente resuelta, tan locamente cuerda como Abel?

La primera nevada auténtica fue de una cola de profundidad. Abel se hizo unas raquetas para andar por la nieve y se fue a su libro con una pala de fabricación casera en una pata y la lanza en la otra. Retiró la nieve que cubría el libro y leyó el capítulo XIX.

Llegados al capítulo XIX, la guerra de los osos estaba en su momento culminante: muchos habían resultado muertos o heridos. Esto le llevó a Abel a me-

ditar sobre la civilización. Pero, pensándolo bien, el búho, que no estaba civilizado, era también bastante belicoso. El protagonista, el capitán Burín, escribía desde el campo de batalla a la osa con quien había bailado el vals en el primer capítulo, aquella a la que amaba. También era invierno en la novela, y un sargento borracho decía cosas tontas, inteligentes y graciosas a la vez: habría preferido estar invernando a estar haciendo la guerra. Algunas de sus afirmaciones hicieron que Abel se revolcara sobre la página, explotándole las nubecillas del aliento en espasmos de risa.

Le costó trabajo cerrar el libro cuando acabó la lectura del día, porque las láminas de hielo formadas entre las hojas las habían pegado unas con otras. Sentía las patas congeladas. Ya en casa, tuvo que beber un poco de su vino para sacarse el frío de los huesos.

Cuando volvía de leer el capítulo XXI tuvo un peligroso encuentro con el búho. Pero no le pilló desprevenido. Siempre que llevaba la lanza en la pata llevaba también al búho en el pensamiento, lo mismo que él, al parecer, estaba siempre en el pensamiento del búho. Uno y otro estaban siempre al acecho: el aspirante a asesino y la víctima elegida.

Esperando coger a Abel por sorpresa, el búho se dejó caer desde un árbol viejo y podrido —parecía sentirse a gusto en los árboles podridos—, pero en el momento en que llegó a él, Abel ya tenía pronta la lanza. El animal se desvió al verse atacado, y fingió alejarse vencido, pero inmediatamente se volvió a lanzar en picado. Esta vez Abel le tiró un tajo lateral y empujó hacia arriba con saña, y sintió que la punta de la navaja penetraba en la carne del búho, aunque éste no dejó escapar ningún sonido.

Solamente se estremeció, y apartando de sí la lanza con una garra, con la otra rasgó la capa de Abel y se la quitó. Presa de un ataque de miedo y rabia, Abel volvió a atacar una y otra vez, a la desesperada, sin pensar en lo que hacía. Su furia enojó y asombró tanto al búho, que tomó altura y se posó en una rama muerta del árbol, contemplando al ratón con gesto de incredulidad.

En lugar de escapar aprovechando la ventaja, Abel puso derecha la lanza y retó al búho a que bajase a luchar. El búho siguió mirándole fijamente.

—¡Cobarde! —gritó Abel, abultándosele las venas del cuello—. ¡Baja a luchar, pájaro, reptil, demonio o la clase de monstruo que seas!

Si al búho le ofendieron los insultos de Abel, no dio ninguna muestra de ello. Solemnemente, pestañeó y siguió mirándole con fijeza.

—¡Mueran los demonios repugnantes! ¡Abajo el mal de todo tipo! —vociferó Abel, y cometió la tontería de arrojar la lanza con todas sus fuerzas al ave de presa. La lanza fue a chocar contra la rama donde estaba el búho y cayó al suelo. Cuando Abel corría a recogerla, el búho se tiró sobre él. Abel le esquivó y echó a correr alrededor del tronco del árbol. El búho no podía volar en círculos más deprisa de lo que Abel corría, de modo que siempre estaba el árbol entre ellos. La persecución se prolongó largo rato, cambiando a veces de dirección.

Tanto ofendía aquel carrusel loco al antiguo sentido del decoro del búho, que al fin se hizo un lío y se estrelló contra el árbol. Tuvo que irse y sentarse hasta que se le pasara la rabieta, acabara de poner en orden sus plumas y recuperara su implacable compostura. Abel agarró lanza y capa y trotó a casa.

Ya eran tres las plumas que tenía del búho: estaba segurísimo de que eran suyas. Sin esperar a recobrar el aliento tras su heroica escaramuza, se puso a recitar, sobre aquellas plumas aborrecidas, las más horribles imprecaciones que imaginarse pueda.

No permitiera el Cielo que el búho hubiera sufrido ni la mitad de lo que Abel le deseó. Deseó que las plumas se le volvieran de plomo, para que así se cayera de cabeza desde el árbol más alto del mundo; que se le pudriera el pico y no le sirviera ni para comer gachas; que se quedara ciego como un murciélago y se metiera volando en la boca llameante de un dragón; que se hundiera en arenas movedizas mezcladas con cascos de botellas rotas, muy despacito, para prolongar sus sufrimientos, y muchas otras cosas por el estilo.

Diciembre se fue haciendo cada vez más frío. Abel empezó a rasgar los márgenes de las páginas de su libro, y con ese papel rellenaba los resquicios que quedaban entre las piedras cada vez que tapaba la puerta. Aun así el frío lo taladraba todo, y más cuando hacía viento.

13

Abel pasó casi todo enero y febrero, y parte de marzo, sin salir de casa. En enero hubo una fuerte ventisca. Toda una larga noche estuvo la nieve cayendo del cielo blanquecino en mantas densas y pesadas. Hecho un ovillo en su cama, Abel escuchaba abatido los aullidos y alaridos, los latigazos y el silbar del viento.

El tronco quedó enterrado a mucha profundidad, y aunque a través de la nieve se filtraba una luz débil, casi ninguna penetraba por las contraventanas bien atrancadas. Aun de día tenía que moverse Abel a tientas. Afortunadamente, por entre los apretados cristales se colaba algo de aire.

Sin distinguir apenas el día de la noche, Abel dormía y no seguía ningún horario, y los días se sucedían unos a otros sin que nadie los contase. Cuando estaba despierto, la principal ocupación de Abel consistía en encontrar comida tanteando en la oscuridad de sus despensas y comérsela, lo cual era una especie de ritual cansino, una masticación solemne. Por lo demás, bostezaba, ¡huy cómo bostezaba!, se daba vueltas y más vueltas, cambiaba de postura una y mil veces, se rascaba y se volvía a rascar, apartaba de en medio las cáscaras de las bellotas, de las avellanas y de las pipas de girasol, y no pensaba en nada.

Entre tanto, el sol y alguno que otro deshielo fueron rebajando la altura de la nieve, hasta que por fin Abel pudo sentir la emoción de ver cómo la luz que durante tanto tiempo se le había negado se colaba por el borde de una contraventana desencajada por el viento. Un buen día se despertó, y era verdad: ¡las cosas eran visibles otra vez!

—¡Abel! —gritó—, ¿me oyes? ¡Veo cosas!

Abrió la contraventana de par en par. ¡Qué hermoso aparecía todo después de la prolongada oscuridad! ¡Hasta las cáscaras del suelo, ¡qué inefablemente hermosas! ¡Qué vívidamente reales, y por lo tanto qué maravillosas!

Abrió la puerta y la luz entró a raudales. El día parecía confiado en su esplendor. Los carámbanos que pendían del techo en la entrada abierta relucían al sol. Uno de ellos era tan grande como Abel. Comió, y bebió agua fría de una cazuelita de barro. Luego sacó afuera la gran cantidad de cáscaras que se había ido acumulando y fue a pararse delante de la estatua de Amanda, que aparecía cubierta de nieve hasta el pecho.

—¡Corazón mío, te quiero! —exclamó—. ¡Qué día tan hermoso! Estamos en febrero, ¿verdad? Hay que ponerse en movimiento.

Flexionó los brazos, se dobló hacia atrás y hacia adelante, y se sintió tonto ante su esposa. No sabía qué decir.

Se calzó las raquetas, cogió la pala y la lanza y se fue a leer el libro. Recordaba que el capitán Burín había sido herido: ¿saldría adelante o no? Saldría adelante; sus heridas se estaban curando, gracias a Dios. Y se acercaba la primavera. La referencia a la primavera llenó a Abel de una nostalgia insufrible. ¡Cuánto se sentían las cosas cuando se estaba solo!

Era efectivamente febrero, como había supuesto, y fue entonces cuando de veras empezó el invierno. Enero no había sido más que un preludio. Una tarde, Abel volvió del libro incapaz de dominar los temblores que sacudían todo su cuerpo. Le castañeteaban y entrechocaban los dientes, y no había manera de poner fin a sus escalofríos helados. Le destilaba el hocico, los ojos le lloraban y se le nublaron, le latía y le dolía la cabeza.

En aquel momento hasta el más valeroso de los ratones habría querido volver a ser un pequeñuelo refugiado en el abrazo cálido de su madre. Temblando y tambaleándose, Abel fue tapando como pudo todas las rendijas con sus patitas paralizadas, hasta que no entró luz por ningún sitio. La única fuente de calor era su propio cuerpo aterido.

¡Qué bien le habría venido entonces una hoguera! Pero sabía que si la encendía tendría que salir de casa, o de todos modos consumiría el oxígeno que tenía para respirar. Se puso toda su ropa, juntó todas las esteras, todo el papel que había arrancado de la novela, toda la pelusa de algodoncillo que pudo encontrar en sus despensas, y medio sentado, medio reclinado contra la pared, se arropó por todas partes con aquello y hundió la cara en el pañuelo de Amanda. Poco a poco cesaron sus temblores y sus músculos cansados se relajaron. Metió la cabeza debajo de sus coberturas y su aliento contribuyó a calentarle.

Así empezó otro largo mes de triste reclusión dentro del tronco. Cada vez que Abel se convencía de que no podía hacer más frío, hacía más frío aún. El viento corría salvaje por el mundo, batiendo la nieve y apilándola en cúmulos montañosos, desgajando de los árboles las ramas heladas, arrojando con estrépito los carámbanos contra el suelo vidriado. Abel lo escuchaba, y duró tanto tiempo que dejó de oírlo. Pero seguía.

Estaba enfermo. Estaba débil; sólo darse la vuelta le costaba enormes esfuerzos; y estaba deprimido. Un día se encontró preguntándose, con sordo resentimiento, por qué Amanda no se habría atado mejor el pañuelo, y así él no habría tenido que salir de la cueva a buscarlo. Si fuera menos soñadora, más atenta a la realidad, si se hubiera hecho un nudo más fuerte en el pañuelo, ahora mismo, en ese momento, él estaría en casa, con su chaqueta de terciopelo y sus pantuflas forradas de satén, arrellanado en una butaca entre blandos cojines, leyendo un buen libro, o quizá sencillamente viendo nevar por la ventana. Habría fuego en la chimenea, puré de lentejas con una cebolla cociendo en el hornillo, Amanda estaría sentada en su escritorio corrigiendo un poema o, mejor aún, estaría en su regazo cubriéndole de cálidos besos. El frío y el viento de afuera no harían sino acentuar más el bienestar de dentro.

Pero no estaba en casa, ni muchísimo menos. Pensó en sus seres queridos, en sus amigos lejanos.

Amanda era su compañera, sí, y siempre lo sería. Sus padres, hermanas, hermanos y amigos serían siempre sus padres, hermanas, hermanos y amigos, pero sus sentimientos hacia ellos se habían vuelto borrosos. ¿Cómo iba a seguir teniendo sentimientos calurosos, vivos, hacia seres meramente recordados? Vivir era algo más que recordar e imaginar. Él quería tener junto a sí a la Amanda de verdad, y trató de llegar hasta ella. Daba la impresión de que sus mensajes no podían transmitirse a través del aire gélido.

Metido en su capullo frío, cayó en un estado de sopor. En sus momentos de vigilia soñolienta no tenía ni idea de cuánto tiempo había pasado desde la última vez que estuvo despierto, si una hora, un día o una semana. Tenía frío, pero sabía que no podía estar más caliente. El agua de su cazuelita de barro era un bloque de hielo. También su mente estaba congelada. Empezó a parecerle que siempre había sido invierno y que no había nada más, sólo una conciencia difusa para tomar nota de ese hecho. El universo era un lugar desolado, dormido, frío hasta el infinito, y el viento era una cosa aparte, no una parte del invierno, sino un alma perdida y a la que nadie amaba, que gritaba y gemía y corría en busca de algún sitio donde descansar y hacer recuento de sus penas.

Allá afuera, en el cielo nocturno —y sólo podía ser de noche—, estaban las estrellas brillantes, y entre ellas la suya, esa que conocía desde siempre. Esa estrella, suya, a millones de kilómetros de distancia, estaba aun así más cerca que Amanda, porque si tenía la fuerza de voluntad y la energía necesarias para levantarse, destapar la ventana y asomarse, la vería. Sabía, por lo tanto, que su estrella existía. Pero en cuanto a Amanda, padre, madre, hermanas, hermanos, tías, tíos, primos, amigos y el resto de la sociedad y del reino animal, tenía que creer que estaban en algún sitio, y costaba trabajo tener esa fe. A juzgar por lo que realmente sabía, él era el único y solitario ser vivo que existía, y en medio de aquel estado de frío comatoso ni siquiera estaba seguro de ello.

14

Un día del mes de marzo, Abel notó que se estaba deshelando. Más despierto de lo que había estado hasta entonces, se dio cuenta de que el invierno era menos frío, y en vista de eso se puso en movimiento. Salió al exterior sintiéndose débil, pero conforme se movía bajo el amplio cielo azul, respirando el aire limpio y ejercitando sus miembros, fue cobrando mayores energías.

Había dos crocos en la nieve, heraldos ciertos de la primavera. Animado por el milagro de aquellas flores delicadas que hacían frente al frío, empezó a atarearse fuera del tronco, poniendo en orden sus cosas. Dio cuerda al reloj, escuchó arrobado su tictac uniforme y se fue a leer el libro, más, en realidad, por reanudar la antigua rutina que porque le apeteciera leer.

El sol parecía estar lleno de proyectos, menos aburrido del mundo que antes, menos distante. Pero tras un día agradable volvió a hacer un frío terrible por la noche, y Abel se acurrucó nuevamente bajo todos sus elementos de abrigo, defraudado. Sin embargo, a la mañana siguiente era otra vez primavera.

La nieve se fundía, dejando ver la tierra. El río, nutrido de arroyuelos por el deshielo, corría exultante, más veloz que nunca. Abel acabó de leer su libro en unas cuantas visitas más, y se alegró de acabarlo, porque lo que estaba pasando a su alrededor era mucho más emocionante que ningún libro. Ahora le gustaba tumbarse al calor del sol, en los trozos de suelo despejado, y formar parte del despertar del mundo.

Visitó el abedul, se sentó en su puesto favorito y admiró los brotes del árbol como se admiran los bebés de un amigo. Por la noche encontró su estrella en el cielo, y se alegró de poder demostrar —por si acaso la estrella le había echado de menos— que seguía vivo. Durante todo este tiempo de vida y alegría renacientes no había dejado de llevar consigo su lanza y acechar en busca del búho. No volvió a verle, y dedujo que se habría marchado, si es que no había muerto durante los meses de frío mortal.

Ni que decir tiene que volvió a comulgar con Amanda, y cuando llegó el mes de abril estaba bastante seguro de haber establecido contacto con ella. Para entonces eran ya muchos los pájaros de vivos colores que ponían casa en el norte una vez finalizada su temporada en el sur, y que manifestaban su regocijo por haber regresado. La hierba verde se abría paso entre el rastrojo viejo y muerto, los capullos festoneaban los árboles. Abel veía todo su mundo bañado de verde.

Cuando en mayo aparecieron las flores, perdió la cabeza. Violetas, dientes de león, clavellinas, nomeolvides engalanaron la isla. Abel comía hierba y tallos jóvenes de violeta, alimentos frescos rebosantes del

zumo de la vida. Bebía grandes cantidades de su vino y correteaba por todas partes como un animal salvaje, dando gritos y cantando a la tirolesa. ¡Cómo se habría sorprendido su familia de verle así! Un grupo de gansos pasó por encima de él, graznando. Abel les saludó con la mano. La bandada siguió sin detenerse. A veces, a Abel le parecía que no necesitaba a nadie más.

Se bañaba en el agua fresca de la orilla del río y se tumbaba boca arriba al sol, tratando de sondear el firmamento. Un día, cuando se estaba soleando así, con la tripa llena de vino, hete aquí que del río, bufando, resoplando y tambaleándose, sale una rana obesa y ya de cierta edad. Borracho como estaba, Abel se preguntó si estaría viendo visiones. Pero la rana empezó a hablar.

—¡Uf! ¡Puf! ¡Caramba! ¡Qué barbaridad! ¡Creí que no llegaba! —se tiró al suelo en la orilla, rodó patas arriba con los brazos y las piernas estirados y farfulló algunas palabras inconexas.

Desbordante de gozo al oír de nuevo el habla civilizada, Abel corrió a la rana yacente y le dirigió una sonrisa de inocente alegría. La rana parpadeó.

—¡Hola! —dijo—. ¡Puf! ¡Qué lucha he tenido con ese río! ¡Y esa cascada! ¡Pensé que me ahogaba!

—¿Qué pasó? —preguntó Abel. La rana se sentó. Abel se sentó a su lado. Viniendo del agitado mundo de la sociedad, la rana se sorprendió menos de ver a Abel que Abel de verla a ella.

—Me llamo Gauro Glacos —dijo la rana—. ¿Quién podría ser usted? ¿Dónde estoy?

—En una isla —respondió Abel—. Está usted hablando con Abelardo Hassam di Chirico Pedernal: Abel para los amigos.

—Mucho gusto en conocerle —dijo Gauro, tendiéndole una mano fría y húmeda. A Abel nunca le había gustado estrechar la mano de las ranas con quienes tenía amistad, pero le gustó estrechar la de Gauro—. ¡Imagínese: un rano de mi edad, con todos mis años de experiencia, y dejarse atrapar en esa clase de aguas! Cosa de la primavera, supongo. Siempre estoy un poco atontado después de pasar el invierno enterrado en el lodo frío. El sol me hizo creerme capaz de na-

vegar por cualquier sitio. Es que el río no puede con
toda el agua de esos arroyuelos, se vuelve loco. Pero,
¿esto qué es? ¿Hay pueblo aquí? ¿Oficina de correos?
¿Botes?

—No —dijo Abel—. No hay nadie más que
yo. Lo siento.

—No lo sienta —dijo Gauro—. Prefiero encontrarle a usted a no encontrar a nadie. ¿Por qué
está usted aquí?

—Vine lo mismo que usted —dijo Abel—,
contra mi voluntad.

Y durante la media hora siguiente le contó su
historia.

—¡Puf! —dijo el rano cuando Abel hubo terminado—. Estaba seguro de estar muerto después de
esa cascada. He debido dar en el fondo, se me llenó
la bocaza de arena. No sabía adónde iba desde allí,
pero seguí. ¡Caramba! Mi familia estará preocupada.
Se estarán preguntando todos, ¿dónde está el abuelito?

Le habló de su numerosa familia y le contó de
dónde venía. Abel no había oído nunca aquel lugar,
y el rano no había oído nunca el nombre de Musgania.

—Vamos a mi casa —dijo Abel—. Es por allí.

Ayudó a Gauro a ponerse en pie y le llevó hasta el tronco. Allí le dio una buena cantidad

de vino, que el rano se bebió a sorbos atragan-
tados.

—Lo necesitaba —dijo, y a continuación cayó
en trance. Se sentó en cuclillas en el suelo, como hacen
las ranas, parpadeó con expresión que a Abel le pareció de autosuficiencia, y se quedó inmóvil. Abel le veía
como un animal tosco, pero absolutamente encantador.
Quiso despertarle.

—¿Gauro?

—¿Quién? ¿Qué? ¿Dónde estoy? —dijo Gauro—. Ah, es usted.

Hacía esto a menudo, como Abel no tardaría
en descubrir.

15

Permanecieron juntos hasta el mes de junio,
y se hicieron muy amigos. Gauro anunció que se iría
tan pronto como recobrase las fuerzas y la velocidad
de la corriente hubiera disminuido lo bastante.

—Me gustaría poderte sacar de la isla —le
dijo a Abel—, pero ya tendré bastante con lo mío. Ya
no soy el que era cuando me apareé.

—Podrías tenderme una cuerda para que yo
pase —dijo Abel, y esbozó su antiguo proyecto de una
soga que sirviera de puente.

—Eso no tiene sentido —dijo Gauro—. ¿No
te das cuenta de lo lejos que estaré río abajo cuando
llegue al otro lado? Esa soga tendría que tener una
longitud de millares de hojas de nenúfar. Y de llevarla

atada, quién sabe si enganchándose en unas cosas y otras, me podría dar un ataque cardíaco. ¡No soy un renacuajo, compréndelo!

—Pero *volverás* con gente a rescatarme, ¿verdad? —preguntó Abel.

—Pues claro que sí —respondió Gauro—. Será lo primero que haga.

—Y te *pondrás* en contacto con mi esposa, ¿verdad? Te daré su dirección.

—¿Qué esposa? —preguntó Gauro.

—Te he hablado de ella muchas veces —dijo Abel—. Ésa es su estatua.

—¡Ah, sí! —dijo Gauro—. Naturalmente. Ya me acuerdo.

Siempre se le estaban olvidando las cosas.

Un día, Abel empezó a hacer una estatua de su nuevo amigo. Mientras daba forma a la arcilla, conversaban. Abel se enteró así de que Gauro tocaba el contrabajo en una pequeña orquesta especializada en música ranchera, tenía docenas de bisnietos, todos ellos musicales, y era feliz con su anciana esposa, aunque a menudo reñían y se pasaban días enteros enfurruñados, tratando de recordar por qué se habían enfadado.

Una vez Gauro le preguntó a Abel qué oficio o profesión tenía.

—Todavía no he descubierto mi vocación —respondió Abel—. El único trabajo de verdad que he hecho ha sido aquí en la isla.

—¡Recórcholis! ¿Y de qué vivías? —quiso saber Gauro.

—Mi madre me pasa una renta —contestó Abel—. Tengo bastante dinero.

Gauro sonrió burlón.

—Pues no lo parece —comentó, repasando con la mirada los pantalones deshilachados de Abel y su camisa sucia y hecha jirones.

—Suelo ir mejor vestido —dijo Abel, echándose a reír. Por un instante se quedó azorado, pero luego se quitó la arcilla de las patas con el faldón de la camisa.

Abel hablaba de Amanda, de su poesía, de su encanto, de su tendencia a soñar. Filosofaba sobre por qué *sus* movimientos, *sus* gestos, *su* voz, *su* manera de vestir, eran tan superiores en gracia y atractivo a los de todas las demás ratonas que había conocido, incluidas su querida madre y su hermana preferida. No lo entendía.

—Es la magia del amor —eructó Gauro.

—¿Podrías levantar la barbilla un poquito más? —preguntó Abel.

Gauro no se movió. Había vuelto a caer en uno de sus sopores reptilescos: con los párpados semicerrados sobre unos ojos que no veían, ni dormido ni despierto, ni muerto ni vivo, se quedaba así acurrucado, quieto como una piedra, girando con el mundo.

Abel le miraba con estupor. Los párpados de Gauro se alzaron levemente, y su lengua se disparó de pronto para atrapar una mosca, que tragó de inmediato. Esta proeza siempre impresionaba a Abel, y además le daba asco también.

—¿Podrías levantar la cabeza un poquitín? —volvió a preguntar.

Tardó una semana en acabar la estatua. Era la mejor que había hecho hasta entonces, una representación perfecta del reposo estupefacto. Todas y ca-

da una de las verrugas quedaron amorosamente mode-
ladas; los ojos tenían el saliente debido, el ancho cuello con las delicadas arrugas de la edad era sin duda
el de Gauro. La panza abundante, las ancas y los pies
descansaban firmemente en el suelo. Había una vaga
sonrisa en la ancha boca y en las líneas de los párpados
cerrados, que confería al rano el aspecto de estar me-
ditando sobre un universo hogareño.

Abel estaba tan ufano de lo que había logrado,
que habría querido enseñárselo a Amanda en aquel
mismo instante.

—Bueno, ¿qué te parece? —le preguntó a
Gauro.

—Soy yo, desde luego —dijo Gauro—. Se
parece más a mí que lo que veo en el espejo. Es lo que
veo cuando me imagino cómo soy. ¡Es una obra de arte,
eso es lo que es!

Abel no rechazó el elogio. Contemplando la
obra de sus patas, no veía ninguna razón para la falsa
modestia.

—Creo que ya has encontrado tu vocación
—opinó Gauro.

Abel tragó saliva, y luego se sonrojó. Nunca
se le había ocurrido pensar en algo así.

16

Por la mañana temprano de un día de media-
dos de junio, Abel oyó que llamaban a su tronco y salió.
Era Gauro, que venía de dormir junto al río. Su aspecto no era el de siempre.

—¿Qué sucede? —preguntó Abel.

—He estado observando el agua —dijo el rano—. Ya no va tan deprisa—. En realidad hacía una semana que el río había vuelto a su estado normal, pero Gauro había estado especialmente meditabundo en aquellos días—. Creo que puedo cruzar al otro lado.

—¿Por qué tan pronto? —dijo Abel, lleno de súbitos presagios—. Estamos empezando a conocernos. ¿No estás contento aquí? ¿Te he ofendido en algo?

—Pues claro que estoy contento —refunfuñó Gauro—. Pero estoy preocupado. He estado pensando en Garla, mi esposa, y en todos mis hijos, y en sus hijos y los hijos de sus hijos. No pueden marcharles demasiado bien las cosas sin mí.

—Cuánto siento que te vayas —suspiró Abel.

—Siento irme —admitió Gauro.

—Pues quédate —dijo Abel.

—Pero es mi familia —dijo Gauro.

—*Yo* soy tu familia —dijo Abel.

A Gauro se le saltaron los ojos.

—Tú eres un ratón —dijo.

—¿Te apetece algo de desayuno? —preguntó Abel.

—No, gracias —contestó Gauro—. Llevo toda la mañana comiendo moscas. Hoy están estupendas.

—¿No se te olvidará volver con ayuda, verdad? —suplicó Abel—. ¿Y te pondrás en contacto con Amanda? Es el número 89 de la calle de la Ribera, de Musgania.

—No te preocupes —dijo Gauro.

—No se te olvide —dijo Abel.

—¿Cómo se me va a olvidar? —dijo Gauro—
Será lo primero que haga después de ir a casa y ver a
mi familia—. Luego cayó en su trance; sus ojos giraban
por debajo de los párpados como si estuviera alma-
cenando allí un recuerdo para utilizarlo en el futuro.

Cuando su espíritu ausente volvió en sí, mar-
charon juntos hasta el agua, tristes los dos de sepa-
rarse.

—Querido Gauro, conocerte ha sido una de las
experiencias más valiosas de mi vida —dijo Abel.

—Lo mismo digo —respondió Gauro—. Dia-
blos, ¡no hay que ponerse lánguidos! Es por poco
tiempo. Me has hecho una estatua magnífica. Apuesto
a que algún día estará en un museo.

—Gracias —dijo Abel.

—Tienes que oírme tocar el contrabajo cuando
volvamos a vernos.

—*Volveremos* a vernos, ¿verdad? —preguntó
Abel—. ¿No se te olvidará?

—Por supuesto —dijo Gauro. Estaba ya en la
orilla del río con las piernas arqueadas—. Adiós, amigo mío.

Y puso una mano fría sobre el hombro de Abel.

—Adiós, buen Gauro —dijo Abel con voz
ronca.

Gauro se zambulló. Desapareció bajo el agua y al rato salió a flote su cabeza, bastante lejos de la orilla y río abajo. Se volvió y saludó con su mano palmeada. Abel saludó también. Y luego Gauro empezó a nadar a la braza con fuerza, avanzando lateralmente, pero también siendo arrastrado río abajo, hasta que desapareció, de la vista al menos.

Abel estaba seguro de que la rana llegaría a la otra orilla. Le habría gustado saber nadar así de bien. Estuvo un rato contemplando el río vacío, y luego volvió al tronco llorando. Se sentó en una piedra, mirando con ojos húmedos el mundo borroso: las estatuas, Amanda, Gauro y los demás, las margaritas más allá de las estatuas, los árboles altos y silenciosos. No podía soportar su pena.

El reloj seguía andando sin sentimiento. Abel se levantó, se fue al abedul y subió a su puesto. Allí sentado estuvo todo el día, sin pensar, paralizado.

Por la noche apareció su estrella.

—Me siento solo —dijo Abel al verla.

—Yo también —pareció contestar la estrella.

17

Avanzó el verano. Mientras esperaba al equipo de rescate de Gauro Glacos, Abel desplegó una gran actividad, atendiendo a sus necesidades, trabajando en su arte, haciendo todo lo que podía para estar siempre ocupado. Comía tallos de diente de león, corteza de abedul, cenizo, cebollas silvestres, setas, semillas de hierba, berros. Descubrió que le gustaba mucho

la raíz de bardana, y cuando las fresas maduraron las llevaba en el aliento todo el día.

Empezó a hacer esculturas de plantas, y cuanto más complicadas las hacía, más le distraían. También dibujaba, con trocitos de carbón vegetal, en los espacios vacíos de las páginas de su novela de osos, y descubrió que podía colorear sus dibujos frotando con pétalos de flores.

Nadaba. Daba paseos largos y sin rumbo. Tenía en marcha su reloj. Pero en ningún momento se le olvidaba que estaba esperando, esperando a sus rescatadores. Gauro los traería, o Amanda, o los dos. Esperó durante semanas enteras. No vino nadie.

Al fin, tuvo la dolorosa certeza de que Gauro le había olvidado. Sin duda había logrado atravesar el río, pero en algún punto de su acuático recorrido el recuerdo de un ratón llamado Abel se había desteñido de su memoria.

Abel contempló la estatua de Gauro y halló un nuevo sentido en la expresión mística de su cara. Se dio cuenta de que, si Gauro no estaba hecho a recordar el mundo de todos los días, éste sería para él como un sueño, algo que se borraría de su conciencia al meditar sobre la realidad última situada más allá. Si recordaba a su familia, era porque una familia es lo único que no se puede olvidar. Abel encendió hogueras para volver a hacer señales de humo y envió mensajes río abajo con recortes de su libro.

Con el calor pegajoso de julio se le ocurrió una nueva y emocionantísima posibilidad. No había llovido desde hacía semanas, y el río parecía un poquito más lento, una pizquita más bajo. ¿Podría esperar, podría permitirse la esperanza de que el tiempo seco se pro-

longase hasta ser una verdadera sequía? ¿De que el
río bajase lo bastante para arriesgarse a cruzarlo a nado?
Lo esperaría, pero se prometió no sentirse demasiado
desolado si no pasaba nada de eso.

Se subió al abedul. Llevaba todavía el pañuelo
de Amanda. Era la única de las cosas que llevaba pues-
tas que no estaba aún hecha jirones. Hacía ya tiempo
que había tenido que tirar los zapatos y los calcetines.
La corbata la había empleado para colgar la hamaca.
Se quitó el pañuelo del cuello y dejó que el abedul sin-
tiera su tenue suavidad. Luego se puso a besarlo.

Había evitado pensar demasiado en Amanda,
incluso cuando esperaba al equipo de rescate. Ahora
ella ocupaba su pensamiento constantemente. Veía vívidamente sus hermosos ojos negros. ¡Espíritu soñador
y vivacidad, qué maravillosa combinación de cualida-
des! ¡De qué manera su actividad enérgica y graciosa
había animado sus días de ocio! ¡Cuántas veces, cuando
él estaba tumbado en el sofá de casa, preguntándose
qué haría con su vida, el mero hecho de que ella pasara
por la habitación había bastado para alegrarle! Hasta
sus reprimendas las recordaba con placer. Siempre habían sido por su bien. Todo su ser ansiaba estar con
ella.

Estaba bien que el sol fuera tan ardiente y abra-
sador. Abel dormía en el suelo, fuera del tronco, y
todas las mañanas le encantaba encontrar otro día luminoso y sofocante. Lo primero que hacía al despertar
era ir a mirar el río. Su caudal había disminuido claramente. Se habían hecho visibles unos cuantos bancos
de arena, y en las peñas secas se notaba lo que antes
había estado bajo el agua.

La isla seguía estando verde a pesar de la sequía, y también lo estaban las orillas opuestas del río. Pero más allá el verde aparecía deslustrado, y las cimas de las distantes colinas boscosas se estaban volviendo pardas. Aquella vegetación moribunda alegró el corazón de Abel.

Al despertarse una mañana de agosto encontró el cielo oscurecido por las nubes. Habían caído unas cuantas gotas de lluvia, que la tierra seca se había apresurado a absorber. Abel corrió al río y lo contempló de un extremo a otro. Ahora o nunca, decidió.

Volvió a su patio a la carrera y, dirigiéndose a la estatua de Amanda, declaró: «¡Me marcho a casa!» Luego, entrando en el tronco, volvió la mirada en derredor como para grabar para siempre en su memoria aquel pedazo de árbol muerto que había sido su refugio. Acarició amorosamente cada una de sus esculturas. El tictac del reloj le instaba a no demorarse. Corrió al abedul y apretó la cara contra su corteza. El abedul, erguido, le animó.

Corrió al río, asomándose a la punta de una pequeña península. Por un instante se volvió a mirar atrás, y le invadió una angustia repentina. La isla había sido su hogar durante todo un año. Le había dado sus-

tento, consejo, calor, como una madre. Algo impor-
tante había sucedido allí. ¡Cómo no iba a quererla!

. —¡Adiós! —dijo—. Volveré.

Y se metió en el agua.

18

Cuando el agua le llegó al cuello, Abel se
echó hacia adelante y empezó a nadar. La corriente
le empujaba río abajo, pero aun así avanzaba de través. Seguía siendo una corriente fuerte para él, pero

no como antes. Nadaba con gran decisión. No le importaba que el agua le cubriese de vez en cuando, entrándole por el hocico y lastimándoselo: en esos casos resoplaba con valentía. Por fin estaba haciendo en la realidad lo que durante semanas había hecho sólo en su imaginación.

Afortunadamente, pasado un rato pudo subirse a una peña y descansar allí hasta que dejó de jadear. ¡Ya llevaba hecho un cuarto del camino! Lo que le esperaba ahora era la parte más difícil de la corriente, la más profunda. Tenía que creer que podría llegar a otra peña en donde descansar. Habiendo recorrido todo aquel trecho, sintió que su confianza en sí mismo se robustecía. Estaba fuerte como un toro después de aquel año duro vivido en medio de la naturaleza. El Abel que se marchaba estaba en mejor forma, en todos los sentidos, que el Abel que había llegado en mitad de un huracán, aferrado desesperadamente a un clavo.

Llenó de aire los pulmones y se arrojó al agua. De nuevo fue arrastrado río abajo y de nuevo avanzó de través, braceando y pateando con energía. Sintió que un piscardo pasaba rozándole una pierna, y le llenó de orgullo estar manejándose tan bien en el medio natural del pez. Siguió nadando. Pero pronto la velocidad del agua pudo más que él. La corriente se quebraba y se revolvía, y Abel se vio zarandeado como alguien a quien arrastran contra su voluntad a una danza frenética.

Dejó de nadar, se tumbó cara al cielo con los brazos y las piernas extendidos, y se dejó llevar un rato por las aguas. Un golpe húmedo, y de nuevo encontró una peña. Bendita peña. Trepó a ella y des-

cansó boca arriba, agitado todo su cuerpo por el esfuerzo. Estaba resultando muy semejante a como lo había imaginado: difícil. Pero estaba imponiéndose al río, y sentía que algo le guiaba. ¡Aleluya! Empezó a caer una lluvia ligera. No importaba. Abel se sabía capaz de llevar adelante el resto de su tarea. Se zambulló otra vez. ¡Una docena de brazadas y sus pies tocaron el fondo! Estaba en una elevación arenosa del lecho del río. La atravesó a pie y, sin vacilar, hizo su último y fácil trozo a nado.

Cuando por fin salió del agua y tocó la orilla que desde hacía un año había anhelado a todas horas, experimentó un estallido asombroso de alegría. Se tumbó en el ansiado suelo, rebosante de extáticas sensaciones de triunfo y bienestar. Luego le entró una risa incontrolable. ¡Era un ratón libre!

Al poco rato emprendió la marcha río arriba, caminando a lo largo de la orilla, donde no había hierbas altas que osbtaculizaran el paso. Sus pensamientos estaban llenos del futuro, pero también estaban llenos del pasado. Adelantándose a los hechos, su imaginación le llevaba a Amanda, y más allá de ella, a su familia, a sus amigos, y a una vida renovada en sociedad que incluiría un trabajo productivo, su arte; pero también iba recordando su año en la isla, un segmento de su vida único y aparte que ahora estaba contento de haber vivido, aunque también estaba contento de que hubiese terminado.

En cuanto a lo por venir, empezó a inquietarse con vagas aprensiones. ¿Hacia qué se dirigía realmente? ¿Estaría Amanda en casa? ¿Habrían cambiado las cosas durante su año de exilio? ¿Y si, creyéndole muerto, Amanda se había casado con otro? Muchos ratones habían estado enamorados de ella. ¿Estaría siquiera viva? El había estado en contacto con ella, pero ¿lo había estado realmente? ¿O habían sido sólo imaginaciones suyas?

Luego de mucho andar, llegó frente a su isla. Por primera vez la vio desde una perspectiva lejana, abarcándola toda entera. No era extraño que la quisiera: era hermosa. A través de la lluvia vio su amado abedul y todos los árboles que lo rodeaban. Esas imágenes serían suyas para siempre.

No queriendo entretenerse, siguió a paso regular hacia el norte. Al ascender la loma empinada que bordeaba la cascada, se asombró de haber caído por aquella catarata cuando era mucho más violenta y haber

sobrevivido. Había pasado por grandes pruebas, pero allí estaba. Sin duda la vida le quería bien. Siguió caminando.

¡Si dejase de llover, aunque sólo fuera una hora! Sentía la necesidad de estar seco. Por fin encontró asilo bajo la bóveda natural que formaba el saliente de una peña, se tendió e inmediatamente se quedó dormido.

Cuando despertó, la luna había salido y una gata le miraba fijamente a la cara.

19

Por un instante Abel se quedó rígido de espanto: luego se puso en pie, pero antes de que pudiera escapar se encontró en las fauces de la gata. Sintió cómo sus dientes afilados le sujetaban con fuerza por la piel de la espalda.

La gata se lo llevaba a alguna parte con mucha tranquilidad, y no cabía duda de para qué. Abel conservaba una curiosa lucidez mental. ¿En esto iban a culminar todos sus proyectos, todos sus anhelos, todo su trabajo, toda su espera de un año largo, largo? ¿No volvería a ver a Amanda? ¿Ni a su familia? ¿No volvería a su casa? ¿No existiría ya más? ¿Podía la vida ser tan cruel?

La gata le dejó en el suelo. Él salió disparado como una flecha. La gata dio un salto, le puso una pata encima, y al momento siguiente le soltó. Abel no hizo nada. No sabía si era el miedo lo que le detenía, o el

haber perdido de repente la esperanza, o si estaba haciéndose el muerto en respuesta a un instinto olvidado hacía mucho tiempo. Para el caso, daba lo mismo. Permaneció inmóvil. La gata también. Esperaron.

De pronto, ¡zas!, la gata le mandó por los aires de un manotazo. Entonces sí que Abel echó a correr, y la gata tras él. Otra vez le enganchó con los dientes y otra vez le soltó. Abel se hizo un ovillo, ya sin mover más que los ojos. Estaba sangrando, pero ahora se sentía extrañamente distante, aguardando con curiosidad la siguiente decisión de la gata, o de él mismo.

La gata le miraba. Parpadeó. ¿Se estaría aburriendo? Abel pensó que el animal se estaba planteando con demasiada frialdad su fin inminente, como si sólo fuera uno entre muchos que tuviera ya pensados. Vio un árbol a poca distancia y se lanzó de cabeza hacia él. La gata le dio una ventaja inicial, quizá para añadir interés a la persecución. Abel huyó árbol arriba haciendo regates, tan pronto en una dirección como en otra, por encima y por debajo de las ramas, dando vueltas al tronco. La gata le seguía de cerca, pero resbaló una vez, y en cambio Abel subía sin pausa.

No detuvo su carrera alocada hasta llegar a lo más alto, a la rama más fina capaz de soportar su peso. La gata no podía seguirle hasta allí. Descansaron. Los dos se veían claramente a la suave luz de la luna. Mirando hacia abajo desde la seguridad de su posición, Abel se dio cuenta de que la gata tenía que hacer lo que estaba haciendo. Estaba siendo gato. Le correspondía a él ser el ratón.

Y él estaba haciendo su papel muy bien. En su actitud se mezcló un poquito de suficiencia; era

como si dijera a su enemigo: «Te toca a ti mover».
Fuera en respuesta a esto, o sencillamente porque se
había cansado de esperar, la gata saltó. Abel se agarró
con fuerza a su ramita. La rama se dobló como un arco
cuando la gata chocó contra ella, se cimbreó, osciló a
un lado y a otro y se estremeció entre las patas de Abel,
y éste oyó caer a la gata, tropezándose con otras ramas
en su caída, aullando y chillando de dolor y asombro.
Oyó el golpe seco con que dio en el suelo, y los gemi-
dos desgarrados que acompañaron a su huida precipi-
tada y confusa. La luna siguió brillando sin inmutarse.

Abel se quedó en el árbol, y al cabo de mucho
rato se durmió. Cuando con la luz de la mañana trató
de orientarse, le inundó de alegría ver el monte Eunice
en dirección noroeste. El observatorio contra incendios
estaba en el lado visible, y por fin supo dónde se en-

contraba. Tenía que ir hacia el norte torciendo ligeramente al este, y antes o después estaría en Musgania: con un poco de suerte, en menos de un día. ¡Y volvería a *verla!* Bajó del árbol a toda prisa y emprendió el camino a casa, mitad andando y mitad corriendo.

20

A media tarde estaba en un peñascal surcado de barrancos. Debía ser por uno de ellos por donde el año anterior le había arrastrado el huracán, porque al poco rato llegó al peñasco de la cueva donde él y Amanda se habían refugiado aquel día. Apretó el paso.

Iba caminando por el bosque donde había estado de excursión con su esposa. Había señales de la gran tormenta del año pasado. Por el suelo se veían ramas desgajadas, y había árboles arrancados de raíz que todavía tenían pegotes de tierra pegados a la base. En las partes sombreadas del bosque había verde aún, a pesar de la sequía.

El corazón le latía fuertemente del esfuerzo y de la emoción. Y también de preocupación angustiada. ¿Estaría Amanda en casa? ¿Se alegraría de verle? Había momentos en los que hasta temía ser mal recibido. Anocheció, y Abel se alegró de que anocheciera. Tenía motivos de sobra para ir andrajoso, pero no quería que le vieran así. No quería que le vieran de ninguna manera, nadie más que Amanda. Después ya habría tiempo de ver a su madre, a su padre, a la familia y a todos los demás.

Cuando entró en la ciudad era de noche. Estaba en el parque de la Alameda. Los tenues faroles de gas estaban encendidos. La noche era calurosa, y el parque estaba lleno de gente que había salido después de cenar para refrescarse: gente que paseaba por los senderos de gravilla, charlaba en los bancos, reía, vigilaba las correrías y los juegos de sus niños. ¡Qué maravilla, después de un año de soledad en el bosque, ver aquel modelo de sociedad civilizada, la ciudad donde había nacido! Reconoció muchas caras; estaba otra vez en su mundo. Pero no salió de las sombras para que no le vieran.

¡Y de pronto, allí mismo, la vio! ¡Era ella, Amanda! Estaba sentada en un banco, de la manera más normal.

¿Cómo pudo no salir corriendo y estrechar a su amada entre sus brazos? Pero logró contenerse. Había otros en el banco y en el sendero. Llevaba un año esperando: podía esperar un poco más. Su reunión debía ser sólo de ellos dos. Corrió a casa sigilosamente, evitando cualquier encuentro.

¡Su casa! Se apoyó en el airoso pasamanos y subió de un vuelo los escalones. Aún llevaba las llaves en los pantalones desgarrados. Abrió la puerta. Todo estaba exactamente como lo había dejado, como tantas veces lo había recordado durante su exilio. No se parecía en nada a su tronco de árbol hueco.

La luminosidad de Amanda estaba allí: ¡qué alegría ver sus cosas! Y las del propio Abel: sus libros, su sillón favorito. Fue a la cocina, destapó una cacerola que había en el hornillo, probó la sopa.

En la alcoba paseó la mirada, con gozo estremecido, sobre los objetos familiares. Se lavó con jabón

perfumado. Se puso su mejor camisa de seda, la corbata morada, la chaqueta de terciopelo marrón con trencilla en las solapas. No encontró cómodas aquellas prendas elegantes.

Después, sonriendo, puso el pañuelo de Amanda sobre el taburete del vestíbulo, de modo que ella lo viera al entrar; luego fue al cuarto de estar y se tumbó en el sofá, con las patas detrás de la cabeza y el corazón lleno de audaces esperanzas. Le pareció que pasó mucho tiempo hasta que Amanda volvió a casa. Por fin oyó abrirse la puerta, y luego una exclamación ahogada y un grito.

—¡Abel! ¡Ay, Abel mío querido! ¡Eres tú! ¡De verdad, de verdad eres tú! —Amanda entró sin aliento y se arrojó en los brazos de Abel. Se cubrieron de besos.

Cuando pudo hablar, Abel dijo: «Te he traído tu pañuelo.»